Marianne Finze - Pfote aufs Herz

Ohne Katze geht hier nichts

Marianne Finze ist in Mecklenburg geboren und aufgewachsen. Nach dem Abitur studierte sie Bibliothekswesen und machte so ihre Liebe zu Büchern zum Beruf. Nach dem Studium arbeitete sie in verschiedenen wissenschaftlichen bzw. Fachbibliotheken als Bibliothekarin.

Neben Büchern gehörten auch Tiere schon früh zu ihrem Leben. Zunächst waren es die zahlreichen Tiere auf dem Bauernhof ihrer Großeltern. Doch auch im elterlichen Zuhause gab es bald tierische Mitbewohner. Unter ihnen waren Kanarienvögel, Wellensittiche und ein schwarzweißer Kater.

Dann gab es eine Zeit ohne diese liebenswerten Lebensbegleiter.

Mit einer eigenen Familie brachten nicht nur drei Kinder Leben ins Haus, sondern nach und nach auch wieder Tiere.

Vögel, Meerschweinchen und letztendlich immer wieder Katzen wurden im Laufe der Jahre liebe Mitbewohner.

Speziell zwei der samtpfotigen Herzensbrecher gaben Marianne Finze schließlich die Inspiration zu dem vorliegenden Buch. Mit diesen beiden Plüschlöwen verbindet sie aufregende, lustige, ja sogar abenteuerliche, aber auch traurige Erinnerungen.

Heute lebt die Autorin mit ihrem Mann und ihren drei Katzen nahe der Ostsee. Wenn sie nicht gerade an einer neuen Geschichte schreibt, in ein Buch vertieft oder ihren Katzen zu Diensten ist, findet man sie möglicherweise in ihrem kleinen Garten, in dem sie nicht nur mit Gartenschere und Grabegabel unterwegs ist. Gern geht sie dort oder anderswo in der Natur noch einer anderen Leidenschaft nach – der Fotografie. Mit ihrer Kamera ist sie stets auf der Suche nach den kleinen und großen Wundern des Lebens.

Marianne Finze

Pfote aufs Herz

Ohne Katze geht hier nichts

Bibliografische Information der Deutschen Nationalbibliothek:
Die Deutsche Nationalbibliothek verzeichnet diese Publikation in der Deutschen Nationalbibliografie; detaillierte bibliografische Daten sind im Internet über http://dnb.dnb.de abrufbar.

Coverfoto & Covergestaltung © Marianne Finze

Herstellung und Verlag: BoD – Books on Demand, Norderstedt

ISBN: 978-3-7543-6121-4

Gewidmet meinem Mann, meinen drei Kindern
und all den Tieren, mit denen ich mein Leben
bisher teilen durfte.

Inhaltsverzeichnis

Welt- und Herzbewegendes

Es war Herbst. Es war nicht irgendein Herbst, es war dieser Herbst '89, der Herbst, der nicht nur mein und das Leben meiner Familie, sondern das Leben aller Deutschen so sehr veränderte. Die Unzufriedenheit der Menschen mit der sozialistischen Staatsmacht im Osten Deutschlands hatte in diesem so geschichtsträchtigen Jahr dramatische Formen angenommen. Überall im Land fanden Protestbewegungen statt, machte sich der Zorn des Volkes Luft.

Und auf einmal geschah etwas, was wohl niemand für möglich gehalten hatte, das Volk der DDR erzwang im November 1989 in einer friedlichen Revolution die Öffnung der Grenzen zwischen den beiden deutschen Staaten. Immer noch sehe ich mich fassungslos vor dem Fernseher sitzen, als Günther Schabowski den magischen Satz von der Öffnung der Grenze zur Bundesrepublik sprach, und mich ungläubig fragen: „Was hat er eben gesagt? Die Grenzübergangsstellen zur Bundesrepublik sind offen? Wie jetzt? Für jeden? Meint er das im Ernst?"

Die Tage nach diesem Ereignis erschienen mir und meiner Familie so unwirklich wie nie zuvor etwas in unserem Leben. Es waren Tage, an denen wir glaubten, zu träumen, aber auch Tage, an denen wir Angst davor hatten, gleich aus diesem schönen Traum zu erwachen und alles wäre wieder wie zuvor. Nur langsam realisierten wir, dass diese Ereignisse kein Traum, sondern Wirklichkeit waren und wir einer neuen, sehr ungewissen Zeit entgegen gingen.

Unglaublich, was plötzlich geschehen war. Noch wenige Tage zuvor war mir ein Besuch in der Bundesrepublik verwehrt worden. Mein Mann hatte für uns beide eine Einladung zum Geburtstag einer Tante, die mit ihrer Familie in Bayern lebte, erhalten. An der Feier teilnehmen durfte am Ende nur mein Mann. Das war damals die übliche Verfahrensweise der DDR-Behörden. Man glaubte, dass ein Alleinreisender wieder zu seiner Familie in die DDR zurückkehren würde. Bei einem gemeinsam reisenden Ehepaar war man sich wohl nicht so sicher. Eben gab es noch diese extremen Einschränkungen von Reisefreiheit und nun sollte auf einmal alles möglich sein? In was für ein

Märchen waren wir da hineingeraten? Doch dieses Märchen schien, wie die folgenden Tage zeigten, tatsächlich wahr geworden zu sein.

Der 12. November 1989 wurde dann für meinen Mann, unsere drei Kinder und mich ein unvergesslicher Tag. Wir waren zusammen das erste Mal mit unserem Trabi Richtung Westen unterwegs, um mit ihm die innerdeutsche Grenze zu überqueren. Dieser Tag war ein Abenteuer pur für uns. Er war eines der aufregendsten Kapitel in unserem Leben überhaupt. Bis dahin war es jenseits unserer Vorstellungskraft gewesen, dass die Grenze zwischen den beiden deutschen Staaten jemals würde fallen können. Daran, dass aus DDR und Bundesrepublik wieder ein einheitliches Deutschland werden könnte, wagten wir zu diesem Zeitpunkt noch nicht einmal zu denken. Diese Tage wird wohl keiner von denen, die damals dabei waren, jemals vergessen können. Dazu waren sie viel zu einschneidend für den weiteren Lebensweg jedes einzelnen von uns.

Doch die Grenzöffnung war das eine. Noch ein anderes Ereignis aus diesen Tagen hat sich für immer in mein Gedächtnis eingegraben. Zu unserer Familie gehörte damals schon seit einigen Jahren ein graugetigerter Kater. Er hatte sich still und heimlich als kleines Kätzchen in mein Herz geschlichen und danach Schritt für Schritt in unsere Wohnung. Im Laufe von fast fünfeinhalb Jahren war daraus eine liebevolle, wenn auch eher lockere, Bindung geworden.

Ursprünglich hatte ich dem kleinen Tiger den Namen Hannibal gegeben. Doch bald nannten wir ihn nur noch liebevoll Schnups. Wie es überhaupt zu diesem Spitznamen gekommen war, konnte hinterher keiner mehr von uns sagen. Irgendwie war er plötzlich einfach da gewesen. Natürlich hieß der Kater nach wie vor offiziell Hannibal, doch gerufen haben wir ihn bald nur noch mit Schnups. Eine Freundin unserer Töchter haben wir damit sogar einmal völlig verwirrt.

Ich hatte Schnups gerade bei seinem Spitznamen gerufen, die Freundin aber hatte den Namen nicht recht verstanden und fragte: „Wie heißt der Kater?"

Die Antwort lautete natürlich: „Hannibal."

Erst als wir den irritierten Gesichtsausdruck der Freundin sahen, wurde uns klar, wie verwirrend diese Antwort gewesen sein musste. Die Länge des Namens, den das Mädchen gerade nicht verstanden hatte, passte lautmalerisch so gar nicht mit Hannibal zusammen. Wie auf Kommando lachten wir los und verwirrten das arme Mädchen damit noch ein bisschen mehr. Natürlich haben wir hinterher erzählt, dass wir unseren Kater Schnups nennen, er aber eigentlich Hannibal heißen würde.

Unser Schnups war eines von drei Katzenkindern, die in unserem Fahrradschuppen geboren wurden. Eine Katzenmutti, die alle Hausbewohner mehr oder weniger als Hofkatze betrachteten, hatte sich zu ihrer Niederkunft ungefragt in unserem Schuppen einquartiert. Durch eine Öffnung oberhalb der Schuppentür, die irgendwann wohl mal als Einflugfenster für Tauben vorgesehen war, hatte sich Hofkatze Minka Zugang zu unserem Schuppen verschafft und auf einer alten Kinderbettmatratze eine Wochenstube für ihren Nachwuchs eingerichtet. Als wir merkten, was sich in unserem Schuppen ereignet hatte, brachten wir es nicht übers Herz, die kleine Familie einfach vor die Tür zu setzen. Wir fühlten uns sogar verpflichtet, uns um ein richtiges Zuhause für den plüschigen Nachwuchs zu kümmern. Eine Kollegin von mir suchte sich, als es an der Zeit war, die Kätzchen problemlos von der Katzenmutti trennen zu können, zwei von den süßen Plüschwesen aus. Sie sollten in Zukunft auf dem Bauernhof ihres Bruders die Mäusepopulation kurz halten. Wahrscheinlich gibt es für Katzen kein schöneres Zuhause als einen Bauernhof. Ich war richtig glücklich über diese Lösung für zumindest zwei der Kätzchen. Noch oft hat meine Kollegin von den Katzengeschwistern erzählt. Sie hatten ein schönes und langes Leben als Bauernhofkatzen. Für die passionierten Mäusefänger hatten wir also ein nahezu perfektes Zuhause gefunden.

Nachdem die zwei Geschwister fort waren, blieb bei uns auf dem Hof ein grau getigertes Katerchen zurück, das nach dem Verschwinden seiner Spielgefährten verzweifelt nach ihnen suchte. Immer wieder rannte der kleine Kerl maunzend um unser Haus. Wo waren nur plötzlich seine Geschwister abgeblieben? Die Katzenmutti ging derweil schon wieder ihre eigenen Wege und hatte nur noch wenig Interesse an dem Katerchen. Sie muss der Meinung gewesen sein, dass ihr Nachwuchs inzwischen alt genug war. Sollte er sich doch selbst um seinen Lebensunterhalt kümmern.

Mir tat es richtig weh, wie der kleine Tiger so verzweifelt suchend um unser Haus lief. Ich konnte gar nicht anders, ich musste mich einfach ein wenig um ihn kümmern. Neben etwas

Futter, das ich ihm nun regelmäßig in unseren Garten stellte, nahm ich mir nach der Arbeit immer ein bisschen Zeit für eine kleine Spielrunde mit ihm.

Schnell schien ich für den Vierbeiner eine Art Ersatzmutti geworden zu sein, die nicht nur für regelmäßige Futtergaben sorgte, sondern ebenso die fehlenden Spielkameraden ersetzte. Bald wanderte dann auch sein Futterplatz vom Garten hinein in unsere Küche. Frisches Futter und ein sauberer Teller waren dort schneller zur Hand.

Die Tage und Nächte verbrachte der kleine Kater aber wie gewohnt draußen. Bei schlechtem Wetter fand er nach wie vor in unserem Schuppen ein trockenes Plätzchen. Damit schien der kleine Bursche gut leben zu können, liebte er doch durchaus seine Freiheit, auch wenn er den immer gut gefüllten Futternapf bei uns sehr zu schätzen wusste. Wir Menschen fühlten uns andererseits nicht bedingungslos an ein Haustier gebunden. Wir hatten eher eine lose Freundschaft mit einem kleinen Streuner geschlossen, der kam und ging, wie es ihm passte.

Später, als aus dem Katzenkind ein ausgewachsener Kater geworden war, verschwand er schon mal zeitweise von der Bildfläche, besonders dann, wenn im Frühjahr und Herbst die Katzendamen lockten. Immer aber fand er nach solchen Ausflügen wieder zu uns zurück, nicht selten mit einem Schlitz mehr im Ohr oder einem weiteren Schmiss im Pelz. Mitunter machte manche Wunde schon mal einen Tierarztbesuch notwendig. Diese Tierarztbesuche wurden jedes Mal zu einem aufregenden Abenteuer für unseren Streuner. Für uns waren sie allerdings nicht weniger abenteuerlich, oft sogar nahezu stressig. Aber das ist wieder eine andere Geschichte.

Doch zurück zum besagten Herbst '89. Wir schrieben den 12. November. Unser Kater Schnups hatte wie jeden Morgen sein Frühstück bei uns abgeholt. Mein Mann brachte ihm oft einen dicken Hering mit. Unser Fischhändler hatte eines Tages mitbekommen, dass wir nicht nur für uns, sondern auch für unseren Kater Fisch bei ihm kauften. Von da an hob er uns oft Fischbruch auf, der eher weniger gut zu verkaufen war. Für unseren pelzigen Mitesser war dieser Fisch aber immer noch wie ein kleines Festtagsmahl.

Nach seinem Fischfrühstück machte Schnups sich gewöhnlich wieder auf in den Park hinter unserem Haus zu einem erneuten Reviergang. Auch an diesem Morgen gab er mir nach einer ausgiebigen Fellputzorgie zu verstehen, dass ich die Tür zum Garten öffnen sollte, er hätte dort draußen nun noch wichtige Termine abzuarbeiten. Ich erfüllte ihm seinen Wunsch, öffnete die Tür und verabschiedete mich von ihm mit den Worten, es würde heute bei uns wohl etwas später werden, vielleicht sogar Abend. Wir hätten nämlich noch einen längeren Ausflug vor.

Schnups, satt und zufrieden von seinem geliebten Fischfrühstück, hörte mich wohl schon gar nicht mehr. Geschwind trippelte er die Stufen zum Garten hinunter, überquerte eilig die kleine Rasenfläche und verschwand, sich geschickt durch eine Lücke im Gartenzaun zwängend, im Park hinter unserem Haus. Ich machte mir keine Sorgen um ihn. Unser späteres Heimkommen würde er verkraften, auch wenn er sicher sehnsüchtig auf uns und seinen Nachmittagsimbiss warten würde. Er hatte gut gefrühstückt, und vielleicht würde ihm noch die eine oder andere fette Maus über den Weg laufen.

Wir Menschen hatten für diesen Tag eine kleine Reise geplant. Wir wollten Richtung Lübeck fahren und uns ein Stückchen vom berühmten Westen anschauen.

So saßen wir zwei Erwachsenen und unsere drei halbwüchsigen Kinder bald, nachdem ich

Kater Schnups im Park hinter unserem Haus hatte verschwinden sehen, in unserem Trabi, und es ging los auf eine aufregende und abenteuerliche Fahrt. Und tatsächlich wurde dieser Tag einer von den Tagen in unserem Leben, die weder unsere Kinder, noch wir Erwachsenen jemals vergessen werden. Wer diesen Jubel und Trubel damals miterlebt hat, der wird wissen, wovon ich spreche. Was war das doch für eine wundervolle, tolle Aufbruchsstimmung, ein Erlebnis, das sich für immer in unser Gedächtnis eingeprägt hat.

Erst spät am Abend waren wir glücklich und zufrieden, aber auch erschöpft und furchtbar überdreht von all den aufregenden Erlebnissen, von unserer Reise in den Westen, der uns bis dahin so nah und doch so fremd gewesen war, zurück.

Unser Kater hatte sicher schon sehnsüchtig auf uns gewartet, waren wir doch viel später wieder daheim, als wir selbst gedacht hatten. Aber vielleicht würde er uns verzeihen, wenn wir ihm erzählen würden, welche einschneidenden Erlebnisse dieser Tag in unser Leben gebracht hatte.

Gewöhnlich saß Schnups, wenn er auf uns wartete, auf dem Fensterbrett vor einem unserer

Schlafzimmerfenster, die zur Gartenseite zeigten. Natürlich hatte ich ein schlechtes Gewissen, ihn so arg versetzt zu haben. Wenn ihm nicht doch eine Maus zum Opfer gefallen war, würde sicher schon sein Magen knurren. Aber ein voller Futterteller würde ihn bestimmt besänftigen können.

Kaum in der Wohnung, eilte ich in unser Schlafzimmer und schaute dort aus dem Fenster. Nur, dort saß kein ungeduldig auf sein Abendessen wartender Kater. Ob er sich vor lauter Enttäuschung bereits selbst um seine Verpflegung gekümmert hatte und nun schon wieder auf dem üblichen Reviergang war? Als ich die Tür öffnete, ein ganz sicher für ihn unverkennbares Geräusch, war ich überzeugt davon, gleich von ihm über den Haufen gerannt zu werden. Aber nichts geschah, kein Schnups war zu sehen. Vor mir gab es nur Dunkelheit, die nur wenig vom Lichtschein, der durch die offene Tür fiel, erhellt wurde. Auch, als ich nach unserem pelzigen Freund rief, regte sich nichts im Garten, nichts im nahen Park. Nur ein Käuzchen fühlte sich scheinbar von mir gestört und ließ seinen schaurigen Ruf ertönen. Enttäuscht und auch ein wenig verwundert schloss ich die Tür und ging wieder hinein. Noch mehrmals an diesem Abend schaute ich in die finstere Nacht hinein in der Hoffnung, den Vermissten endlich herbeispringen zu sehen. Aber meine Hoffnung erfüllte sich an diesem Abend nicht mehr.

Ob sich Schnups aus lauter Enttäuschung über unser Nichterscheinen einfach eine Auszeit von uns genommen hatte? Ob er uns auf seine Art für unsere Unzuverlässigkeit bestrafen wollte?

Nachdem unser Kater auch am Morgen nach unserem Ausflug Richtung Lübeck nicht erschienen war, begann ich, mir ernsthaft Sorgen um ihn zu machen. Sicher, er ging im Herbst immer wie jeder Kater, der etwas auf sich hielt, auf Brautschau. Aber war dafür der 12. November nicht schon etwas spät im Jahr? Soweit ich mich zurückerinnern konnte, ließ er Ende August bis in den September hinein mitunter schon mal eine Mahlzeit bei uns aus. Wenn die Katzendamen riefen, vergaß er gern einmal die Zeit. Aber früher oder später war er mehr oder weniger zerrupft und heißhungrig wieder zu seinem Futternapf in unserer Küche zurückgekehrt. Was oder wer mochte ihn dieses Mal davon abgehalten haben?

Am anderen Morgen machte ich mich wegen eines irgendwie mulmigen Gefühls im Magen auf die Suche nach unserem Schnups. Ich fand es seltsam, dass er auch in der Nacht nicht mehr aufgetaucht war. Ich suchte sämtliche Straßen und Parkwege in der näheren und weiteren Umgebung nach ihm ab, kroch in jedes Gebüsch, fragte Bekannte und Passanten, ob sie nicht irgendwo in der Umgebung einen graugetigerten Kater gesehen hätten. Von den Passanten wurde ich meistens völlig verständnislos angeschaut. Wer konnte schon eine getigerte Katze von der anderen getigerten unterscheiden?

Mir liefen bei meiner Suche sogar selbst etliche getigerte Katzen über den Weg, aber sie alle hatten nichts mit unserem vierbeinigen Freund zu tun. Leider konnten auch sie mir keine Auskunft darüber geben, ob sie unseren Schnups gesehen oder etwas von ihm oder über ihn gehört hatten. Ob es geholfen hätte, wenn ich damals der Katzensprache richtig mächtig gewesen wäre? Ob mir der dicke Fischkater, der öfter durch unseren Garten stromerte, hätte sagen können, was unserem Schnups zugestoßen war?

Noch Wochen und Monate suchte ich nach ihm. Wie oft wachte ich nachts auf, schreckte hoch, weil ich glaubte, sein Klopfen an unserem Schlafzimmerfenster gehört zu haben. Doch jedes Mal schaute ich enttäuscht ins Leere. Schnups war und blieb verschwunden.

Was nur mag ihm passiert sein? Auch wenn es vielleicht schmerzen würde, würde ich immer noch gern wissen, was unserem lieben Freund damals, am 12. November 1989, geschehen ist. Ich kann mir nicht vorstellen, dass er einfach nur nicht wiedergekommen ist. Dafür hing er trotz seiner Freiheitsliebe viel zu sehr an uns.

Später, als wir das Verschwinden von Schnups bereits wieder mit etwas Abstand betrachten konnten, trösteten wir uns ein wenig halbherzig damit, dass wir unseren Kater vielleicht mit all unserer Euphorie über die Grenzöffnung ange-steckt hatten, und er sich ebenso wie wir auf in Richtung Westen gemacht hatte. Ob er endlich einmal probieren wollte, wie das Katzenfutter, das er aus der abendlichen Fernsehwerbung kannte, schmeckt? Vielleicht hat er auf seiner langen Wanderschaft sogar ein neues Zuhause gefunden – ein Zuhause mit Futter aus Dosen. Schließlich hat uns die leckere Schokolade von dort drüben doch auch gelockt. Gut, wir sind mit Schokolade im Gepäck wieder heimgekehrt. Aber wir hatten ein Auto dabei, das uns auch über eine lange Strecke und viele Umwege wie-der nach Hause gebracht hatte. Vielleicht konnten aber die vom endlosen Weg schmerzenden Füße unseren armen Kater nicht mehr bis zu unserem Zuhause zurücktragen, und so blieb er dort, wo das Futter so gut und so anders schmeckte.

Doch andererseits war unser Schnups ein großer Fischliebhaber. Würde ihm der leckere frische Hering nicht irgendwann doch ein bisschen fehlen, wenn ihm all das Dosenfutter zu den Ohren raushing? Und würden nicht auch wir ihm fehlen? Oder ob er am Ende gar der Liebe seines Lebens über den Weg gelaufen war, einer hübschen Katzendame, die er nie wieder würde verlassen wollen?

Das sind Fragen, die leider bis heute alle unbeantwortet blieben. Unser Kater Schnups blieb seit diesem 12. November 1989 für immer verschwunden, so, als hätte ihn der Erdboden verschluckt.

Ein neuer Katz – ein neues Glück?

In den folgenden Monaten nach der Grenzöffnung waren wir neben der Begeisterung für all das Neue, das auf uns einstürmte, ständig hin-

und hergerissen zwischen Bangen und Hoffen. Inzwischen war ein neues Jahr angebrochen, ein Jahr, von dem wir noch nicht wussten, was es uns bringen würde. Was würde aus unseren Arbeitsplätzen werden? Wie würde es für die Kinder in der Schule weitergehen? Würde es tatsächlich ein einheitliches Deutschland geben? Alles Fragen, die uns ständig im Kopf herumschwirrten.

Natürlich tauchte in dieser ganzen Ungewissheit auch immer wieder die Frage danach auf, wo Schnups wohl abgeblieben sein mochte. Ich hatte irrwitziger Weise immer noch die Hoffnung, er könnte eines Tages einfach so, als wäre zwischenzeitlich nichts geschehen, wieder auf dem Fensterbrett sitzen und fragen, warum sein Hering noch nicht serviert sei.

Unsere Kinder blickten wohl wesentlich eher den unumstößlichen Tatsachen ins Auge als ich. Für sie war Schnups aus zwar unerfindlichen Gründen verschwunden, aber er würde nach so langer Zeit auch für immer verschwunden bleiben. Sie machten sich im Gegensatz zu mir keinerlei Illusionen.

Während ich immer noch hoffte, bahnte sich im Spätwinter dieses neuen Jahres ein Ereignis an, das, ebenso wie der Mauerfall im Vorjahr, unser

Leben auf lange Zeit beeinflussen sollte, wenn auch auf andere Art als die Grenzöffnung zwischen den beiden deutschen Staaten es getan hatte.

In jenem Winter nämlich müssen sich ein graugetigerter Kater und eine schwarzweiße Katzendame in einer liebesheißen Februarnacht gepaart haben und damit die Grundlage für kleine flauschige Katzenwesen gelegt haben. Zu diesem Zeitpunkt ahnte ich noch nichts davon und auch nicht, dass dieser Liebesakt etwas mit mir und meiner Familie zu tun haben könnte.

Während im Bauch jener Katzendame fünf kleine Kätzchen heranwuchsen, genossen meine Familie und ich das grenzenlose Reisen. Nicht nur einmal waren wir inzwischen in Lübeck und Umgebung gewesen. Wir waren derweil auch weiter gereist, hatten Hamburg, auch die Nordsee kennengelernt und sogar Verwandtschaft besucht, die wir bis auf wenige Ausnahmen bis dahin nur aus brieflichen Kontakten kannten.

So waren der Februar und März mit ebenso vielen neuen und aufregenden Erlebnissen vergangen wie die Monate zuvor. Auch der April neigte sich schon fast seinem Ende entgegen, als unsere jüngste Tochter eines Tages aufgeregt berichtete, dass die Katze einer Freundin Junge bekommen hätte. Interessiert hörte ich mir an, wie niedlich die kleinen Kätzchen wären. Ich konnte durchaus die Begeisterung unserer Tochter verstehen, hatte ich doch selbst als Kind die Erfahrung gemacht, wie geradezu magisch anziehend solch ein Katzennachwuchs sein kann. Auf dem Bauernhof meiner Großeltern gab es alljährlich immer wieder neue Katzenkinder zu bewundern. Sie waren es unter anderem, die mich jedes Jahr in den Sommerferien auf magische Weise erneut zu meinen Großeltern zogen.

In den folgenden Tagen und Wochen schwärmte unsere Tochter immer wieder einmal begeistert von den kleinen Katzen. Wie niedlich sie doch wären. Eines von ihnen sei ein ganz besonders hübsches Katzenkind - ein bisschen langhaariger als die anderen Katzenbabys, ansonsten grau mit weißen Pfötchen, weißem Latz und weißem Bauch. Unsere Tochter malte sogar eine kleine Skizze aufs Papier, damit ich eine bessere Vorstellung von dem Katzenkind hätte. Ich schaute mir die Zeichnung an, bewunderte die Malkünste meiner Tochter, dachte mir aber nichts weiter dabei, bemerkte nicht einmal, dass mich die Malerin die ganze Zeit über voller Spannung angeschaut hatte.

Einige Tage später berichteten sogar beide Töchter erneut von den Katzenkindern. Inzwischen war es Mai geworden. Die Kätzchen wären wunderbar gewachsen und würden bereits ganz brav das Katzenklo benutzen und auch sonst würden sie sich gut entwickeln und allerliebst herumtoben. Nicht mehr lange und sie würden von der Katzenmutti und der Milch entwöhnt werden. Sie müssten nun bald ein neues Zuhause finden. Als ich „neues Zuhause" hörte, klingelten bei mir das erste Mal im Zusammenhang mit den kleinen Katzen, über die ich so gut auf dem Laufenden gehalten wurde, die Alarmglocken. Wollten mir die beiden jungen Damen gerade ganz geschickt eines der Kätzchen untermogeln? Ich stellte mich sicherheitshalber erst einmal ganz dumm. Vielleicht würde dadurch der Kelch einfach an mir vorübergehen. Mit dem Gedanken an eine neue Katze hatte ich mich noch so gar nicht beschäftigt, hoffte ich in meinem Innern doch immer noch auf Schnupsens Rückkehr. Sicher, der Gedanke war ziemlich abwegig, aber wie heißt es so schön? Die Hoffnung stirbt zuletzt. Schließlich hat man doch mitunter schon die seltsamsten Katzengeschichten gehört.

Andererseits hatte ich während der letzten Monate ohne unseren Kater auch gemerkt, dass es durchaus nicht unangenehm war, so ungebunden zu sein. Ein Tier bringt letztendlich immer Verpflichtungen mit sich, ganz besonders in Urlaubszeiten. Man muss sich um einen Ersatzpfleger kümmern und der ist nicht immer leicht zu finden. Unser Schnups war in der Beziehung noch relativ pflegeleicht. Er hatte seine Freiheit geliebt und er war alles andere als eine Haus- und Schmusekatze. Sein Leben hatte sich mehr in Freiheit als bei uns in der Wohnung abgespielt. Zwar hatte er an Regentagen gern einen gemütlichen Platz in unserem Wohnzimmer aufgesucht, im Winter gern auch an der warmen Heizung, aber wenn es draußen warm und trocken war, war er lieber in unserem Garten oder in dem großen Park hinter unserem Haus unterwegs.

Schnups war mir in den gut fünf Jahren, die wir mehr oder weniger gemeinsam verbracht hatten, sehr ans Herz gewachsen und er fehlte mir immer noch. Vielleicht konnte und wollte ich ihn gerade deshalb nicht so einfach durch eine andere Katze ersetzen, auch nicht, wenn sie noch so niedlich war. Kam die Sprache auf eines der kleinen Katzenkinder, stellte ich mich einfach ganz dumm und tat so, als würde ich nicht merken, dass speziell eines unserer beiden Mädchen intensiv daran arbeitete, mich weichzuklopfen und mein Interesse an einem neuen vierbeinigen Hausgenossen zu wecken.

Aber all mein zur Schau getragenes Desinteresse nützte nichts. Eines Tages musste ich hören, dass die Kätzchen nun verschenkt werden würden, und ob wir nicht eins nehmen wollten. Dieses langhaarige graue mit dem weißen Lätzchen und den weißen Pfoten wäre sooo niedlich. Als ich erklärte, dass ich eigentlich nicht geplant hatte, mich wieder um eine Katze kümmern zu müssen, schauten mich tieftraurige Augen an, und ganz weit in meinem Innern meldete sich in diesem Moment ein zartes Stimmchen aus meiner Kindheit zurück. Wie sehr hatte ich mir doch als Kind selbst ein Kätzchen gewünscht und wie enttäuscht war ich jedes Mal, wenn mein Vater dafür so gar kein Ohr hatte. Dass ich ihn später überlistete und so doch noch zu meinem Kätzchen kam, das ist auch wieder eine andere Geschichte.

Aber zurück zu diesem kleinen grauen Fellbündel mit dem weißen Latz und den weißen Stiefelchen, das gerade symbolisch vor unserer Haustür stand und Einlass begehrte. Wollte diese Rückerinnerung in meine Kindertage mir heimlich, still und leise Verständnis für den

Wunsch meiner Tochter nach einem Kätzchen suggerieren?

Andererseits hatte ich mich vor fast sechs Jahren selbst von so einem kleinen grauen Tigerchen um die Pfote wickeln lassen. Sollte ich mich nun über die Hintertür erneut von einer Katze betören lassen, von einer Katze, die ich noch nicht einmal gesehen hatte?

Wie bereits erwähnt, ist Kater Schnups immer mehr ein Hofkater als ein richtiger Stubentiger gewesen, ein Kater, der seine Freiheit und sein ungebundenes Leben liebte, wenn auch immer mit einem Bein in unserer Tür. Wenn ich ganz ehrlich wäre, dann müsste ich schon zugeben, dass ich mich mit einer solchen Hofkater-Variante durchaus erneut würde anfreunden können. Andererseits hatte mir immer das schlechte Gewissen im Nacken gesessen, wenn die Urlaubszeit nahte und wir unseren pelzigen Freund für eine Weile praktisch sich selbst überlassen mussten. Er ließ keinen anderen Menschen außer uns an sich heran. Selbst die Nachbarin, die ihm während unserer Urlaubszeit einen Futterteller in unserem Garten füllte, sah ihn selten. Sie war sich nicht einmal sicher, ob auch wirklich immer unser Schnups den Teller leerte oder ob das nicht eher eine der anderen im Laufe des Tages durch unseren Garten streifenden Katzen tat. Zu uns hatte unser getigerter Freund Vertrauen, zu anderen Menschen absolut nicht. Ich merkte jedes Mal, wenn wir wieder aus unserem Urlaub zurückgekehrt waren, wie sehr er unter unserer Abwesenheit gelitten haben musste. Er war plötzlich erstaunlich anhänglich, und irgendwie hatte ich das Gefühl, dass er glücklich war, uns endlich wiederzuhaben. Ob er im Grunde genommen doch mehr war als ein Hofkater? Aber genau darüber mochte ich jetzt nicht nachdenken. Trotzdem musste eine Lösung für das neue Kätzchenproblem her.

Ob wir unseren Schuppen nicht so herrichten könnten, dass ein Kätzchen sich darin wohlfühlen würde? Schnups war ja sogar einst in diesem Schuppen geboren worden. Die Katzenmutti hatte sich dort eine gemütliche Kinderstube eingerichtet. Was eine Katzenmutti konnte, würden wir doch wohl auch hinkriegen. Eine Katzenklappe wäre sicher auch schnell eingebaut und der kleine Tiger würde tagsüber, wenn wir nicht zuhause waren, freien Ausgang und zugleich bei schlechtem Wetter einen gemütlichen und trockenen Schlafplatz haben. Gut, für den Winter würden wir vielleicht eine andere Lösung finden müssen –

eventuell auch ein Plätzchen in unserer Wohnung. Als ich diesem Gedanken in meinem Kopf Raum ließ, hatte ich bereits verloren und als ich ihn schließlich auch noch aussprach, war eh alles zu spät. Unsere Tochter nahm meine Überlegungen sofort als Zusage dafür, dass sie ihr Lieblingskätzchen zu uns holen durfte.

Von diesem Moment an stand fest, dass wir in absehbarer Zeit mit dem kleinen Kater würden rechnen müssen. Ich stellte allerdings nach diesem Zugeständnis noch eine Bedingung, der Kater könnte erst nach unserem Urlaub bei uns einziehen. Schließlich würden wir solch ein kleines Katzenkind nicht sofort sich selbst überlassen können, zumal es sich plötzlich in einer ganz neuen, ihm noch völlig fremden Umgebung würde zurechtfinden müssen. Unsere Tochter versprach mir das Blaue vom Himmel, und ich schob vorerst jeden weiteren Gedanken an den kleinen Vierbeiner weit fort von mir. Ich hatte jetzt schließlich voll und ganz mit den Urlaubsvorbereitungen zu tun. Aber da hatte ich die Rechnung ohne den Wirt, sprich: Ohne unsere Tochter, gemacht.

Urlaub ade?

Kurz vor besagtem Urlaub geschah es dann. Es klingelte an der Tür. Ich öffnete und sah unsere jüngste Tochter mit geheimnisvollem Blick vor unserer Wohnungstür stehen. An einer Stelle schien mir ihre Jacke etwas ausgebeult zu sein. Was mochte sie darunter verborgen haben? Schon während sie hereinkam, bewegte sich die Beule und dann miaute sie sogar ganz zart. Ich glaube, in dem Moment blieb mir der Mund weit offen stehen. Kurz nach dem leisen Miau lüftete unsere Tochter auch schon das Geheimnis der Beule. Ich dachte, ich sehe nicht richtig. Aber es war keine Sinnestäuschung, weder Ohren noch Augen hatten mich zum Narren gehalten. Die Beule entpuppte sich als kleines miauendes Katzenkind. Scheinbar hatte ihm gerade ein blondes Mädchen versprochen, dass es jetzt bei ihm einziehen würde. Immer noch fassungslos starrte ich auf Kind und Kätzchen. Hatten wir nicht ausgemacht, dass dieser winzige Vierbeiner erst nach unserem Urlaub zu uns kommen sollte? Ich hörte nur ein stammelndes: „Ja … aber, aber nach dem Urlaub ist es vielleicht nicht mehr da."

Nichts, aber auch gar nichts war vorbereitet, von einem Katzenpfleger für die Zeit unseres Urlaubs ganz zu schweigen. Ich war versucht, unsere Tochter wieder dorthin zurückzuschicken, wo sie mit dem Kätzchen hergekommen war. Es müsste doch wohl möglich sein, dass das Katzenkind noch zwei weitere Wochen bei seiner Katzenmutti bleiben könnte, wenn wir garantieren würden, es danach ganz bestimmt abzuholen. Ich diskutierte hin, ich diskutierte her – ohne Erfolg. Wenn das flauschige Bündel zurückgebracht werden würde, würde es an den nächsten, der es haben wollte, verschenkt werden. Das würde ich doch auch nicht wollen, oder? So unsere Tochter. Zu diesem Zeitpunkt hätte ich wahrscheinlich so gar nichts gegen eine solche Variante gehabt.

Letztendlich einigten wir uns darauf, dass unsere Tochter einen Katzenpfleger organisieren sollte. Ohne Katzenpfleger während unseres Urlaubs definitiv keine Katze. Und da hatte ich nun wieder das Organisationstalent unserer Tochter unterschätzt. Wenig später stand sie mit einer weiteren Freundin vor der Tür und erklärte mir, dass sie einen Katzenpfleger gefunden hätte. Zwar handelte es sich bei dieser Freundin um eine Katzenpflegerin ohne jegliche Vorkenntnisse, was Haustiere und der Umgang mit ihnen überhaupt betraf. Aber wen störte das schon? Mir standen erneut die Haare zu Berge, und vor meinem inneren Auge entstanden die schrecklichsten Bilder. Was könnte so ein pelziger Wirbelwind alles anstellen allein in einer Wohnung und noch dazu, wenn ihm langweilig war? Ich sah ein total verwüstetes Zuhause vor mir. Wie konnte ich dieses Chaos noch abwenden? Wahrscheinlich gar nicht mehr. Also, Ruhe bewahren und nachdenken.

Gut, wir hatten noch einige Tage, bevor wir uns in unseren Urlaub davonmachen würden. Somit hätten wir also noch ein paar Übungstage, um einen Schnellkurs für eine Katzenpflegerin in spe über die Bühne zu bringen. Argumente, die gegen den Einzug des winzigen Plüschlöwen sprachen, hatte ich nun nicht mehr, wollte ich nicht der Freundin unserer Tochter sämtliche Intelligenz und den guten Willen, uns aus der Klemme zu helfen, absprechen. Dass der kleine Kater nicht in den Schuppen, sondern in unsere Wohnung einziehen würde, war damit auch ganz nebenbei geklärt. Das war's dann wohl auch mit der zukünftigen Unabhängigkeit von Mensch und Tier. Stöhnend fügte ich mich diesem Schicksal.

Nach dem Überraschungseinzug des neuen Hausgenossen musste nun erst einmal ein Katzenklo her. Mein Mann zauberte erfinderisch aus den Tiefen seiner umfangreichen Fotoausrüstung eine etwas größere Fotoschale hervor, die zunächst wohl den Bedürfnissen des kleinen Katers genügen würde. Wie ein erstes Probesitzen zeigte, passte die Schale perfekt und unser neuer Mitbewohner beherrschte ebenso perfekt die bei der Katzenmutti erworbenen Toilettenbenutzungskenntnisse. Sand hatten wir quasi vor der Haustür. Vom Ostseestrand trennte uns nämlich nur eine Straße direkt vor unserem Haus. So war also auch erst einmal für eine Ersatzstreu der Minikatzentoilette gesorgt. Wozu doch Ostseesand mitunter gut sein kann.

Kaum war das Schälchen mit der feinen Einstreu gefüllt, buddelte der kleine grauweiße Pelzträger wild im Sand und führte uns mit stolzem Blick seine Stubenreinheit vor. Ich bin heute noch davon überzeugt, dass diese Vorführung allein mir galt. Alle anderen musste er nicht mehr davon überzeugen, wie gut er in unsere Familie passte. Die hatte er bereits längst um seine kleine flauschige Pfote gewickelt. Nur mir musste er noch beweisen, dass er ein hervorragend ausgebildeter Stubentiger war, wohlgemerkt ein Stubentiger und kein neuer

Schuppenbewohner – nur, dass auch das jetzt noch einmal ordentlich klargestellt war. Er wollte all die Annehmlichkeiten genießen, die unsere warme und gemütliche Wohnung bieten konnte. Treuherzig schauten mich vom Katzenklo her zwei gelbe Tigeraugen an und das vorgetäuschte Eis in meinem Herzen begann zu schmelzen. So ein kleines Kerlchen noch und schon ein solch großer Charmeur! Welcher Mensch hat jemals auf dem WC sitzend eines anderen Menschen Herz zum Schmelzen gebracht? So etwas können wohl nur Katzen.

Ich konnte nicht anders und musste grinsen, hob das Fellbündel, nachdem es sein Geschäftchen erledigt hatte, sanft aus seinem Trockenklo und setzte es auf den Teppich. Dann nahm ich das provisorische Katzenklo und stellte es an seinen endgültigen Standort – ins Bad. Im Wohnzimmer, dem Testsitzort, hätte es auf keinen Fall stehenbleiben können. Mit dem Umstellen der Minikatzentoilette hatte ich ganz nebenher gerade meine Zustimmung für die Aufnahme des kleinen Charmeurs in unsere Familie gegeben.

Erstaunlich war, dass ich ihm gar nicht den neuen Platz seiner Sandkiste zeigen musste. Ich war kaum im Bad, da hatte er bereits seinen ganz privaten Zugang zu seinem Trockenklo entdeckt. Die Badtür hatte an ihrer Unterkante eine wenige Zentimeter hohe und breite Aussparung, die ursprünglich einmal als zusätzliche Belüftung für die im Bad vorhandene Gastherme angebracht worden war. Durch diesen Schlitz passte der kleine Kerl eine ganze Weile gut hindurch. Er benutzte diesen Privatzugang natürlich nicht nur, wenn er sein kleines Trockenklo benutzen wollte. Selbst wenn einer von uns badete, leistete er uns gern Gesellschaft. Selbstverständlich musste er ebenso dabei sein, wenn ich im Bad mit dem Aufhängen von Wäsche auf den Wäschetrockner beschäftig war. Auch bei sonstigen Tätigkeiten im Bad war er immer ein guter Gesellschafter. Er muss davon überzeugt gewesen sein, dass ohne ihn nichts ging und dass es selbst auf der Toilette viel schöner für uns Menschen war, wenn wir dabei die Gesellschaft eines kleinen Katers hatten. Das stille Örtchen war von nun an kein Ort mehr, auf dem man garantiert ganz allein war. Neuerdings wurde man dort von einem vierbeinigen pelzigen Wesen überwacht.

Aber zurück zu jenem Zeitpunkt, als der kleine Plüschlöwe bei uns einzog. Die folgenden Tage, nachdem er seinen Wohnsitz bei uns genommen hatte, waren mit einem Crashkurs in Sa-

38

chen Katzenpflege für die Freundin unserer Tochter ausgefüllt. Da sie bisher noch nie ein eigenes Haustier versorgen musste, konnten wir auf einen solchen Schnellkurs nicht verzichten, waren doch bei ihr absolut keine Vorkenntnisse vorhanden. Unsere Schülerin war sehr interessiert und engagiert bei der Sache, wohl auch deshalb, weil sie für eine gewisse Zeit nun sogar ein Haustier haben würde. Wer weiß, vielleicht könnte sie bei guter Arbeit ja einen Fürsprecher gewinnen und auf diese Weise sogar ihre Eltern zu einem eigenen Kätzchen überreden.

Mit unserem Crashkurs war die Freundin unserer Tochter bald mit dem Wichtigsten in puncto Katzenpflege vertraut. Unserer Abreise in den Urlaub stand eigentlich nichts mehr im Wege. Dennoch rückte ich den Schlüssel für unsere Wohnung an die frisch examinierte Katzenpflegerin nur sehr widerstrebend heraus. Nicht deshalb widerstrebend, weil ich ihr nicht vertraute, sondern mehr, weil ich mit einer regen Fantasie ausgestattet bin. Mitunter mag das eine schöne und interessante Eigenschaft sein. Sie kann uns andererseits aber auch übel mitspielen, indem sie Befürchtetes in den schlimmsten Farben ausmalt und die entsetzlichsten Katastrophen heraufbeschwört. Und genau Letzteres zeichnete sich nun vor meinem inneren Auge ab. Ich sah die reinsten Horrorszenarien vor mir. Am liebsten hätte ich den Urlaub einfach abgesagt. Aber konnte ich das meiner Familie antun? Letztendlich blieb mir nichts anderes übrig, als unserer jungen Katzenpflegerin zu vertrauen. Im Grunde meines Herzens war ich auch davon überzeugt, dass sie ihre Sache gut machen würde. Schließlich kannte ich sie schon viele Jahre und wusste, dass sie eine verantwortungsvolle junge Dame war, die sich sicher auch zu helfen wusste, wenn außergewöhnliche Umstände eintreten würden.

Wieder daheim

Trotz des Vertrauens, das ich in die Freundin unserer Tochter gesetzt hatte, war ich während unseres Urlaubs gedanklich oft zuhause bei unserem neuen pelzigen Familienmitglied und seiner jungen Gesellschaftsdame. Wie sich aber bald herausstellen sollte, hatte unsere Katzenpflegerin gute Arbeit geleistet. Zwar war während unserer Abwesenheit durch den vierbeinigen Wirbelwind auch etwas zu Bruch gegangen, aber das war zu verschmerzen. Unser Katerchen war zum Glück mit dem Schrecken davongekommen. Der kleine Tunichtgut war samt Blumentopf, an dem er Halt gesucht hatte, als er mit kühnem Sprung unser Küchenfensterbrett erobern wollte, einfach wieder in die Tiefe gerauscht. Er muss seine Sprungkraft mächtig überschätzt haben, und wer zu kurz springt, den bestraft nicht nur das Leben, mitunter tut sich in dieser Richtung auch ein simpler Blumentopf hervor. So hoch hinaus, wie unser Tausendsassa mit seinem kühnen Sprung gewollt hatte, kam er zwar nicht, aber schnell war er am Ende schon. Er konnte sich nämlich gerade noch rechtzeitig kurz vor dem Aufprall auf dem harten Küchenboden vom Blumentopf lösen und zur Seite springen, sodass schließlich nur die hinterhältige Porzellanblume mit Topf und Übertopf die Leidtragende war.

Neben dem Abenteuer Blumentopf muss unser pelziger Jungspund auch sonst äußerst erlebnishungrig gewesen sein. Ich vermute, er kannte bald jedes Eckchen, egal, wo es sich versteckt haben mochte und mit den bis dahin dort unbehelligt ruhenden Staubflocken muss er bald auf Du und Du gestanden haben. Jedenfalls war mir bis zu diesem Zeitpunkt entgangen, dass so reichlich Staub in unserer Wohnung vorhanden war. Offensichtlich hatte das Katerchen überall dort nach Staubfusselchen Ausschau gehalten, wo ich gewöhnlich nicht jeden Tag mit Staubsauger und Staubtuch herumwirbelte. Ihm war kein Schrank zu hoch, keine noch so finstere Ecke blieb unerreichbar für ihn. Er holte überall das kleinste Staubflöckchen hervor und drapierte damit großzügig unsere Wohnung. Beeindruckt staunte ich nach unserem Urlaub über unser bewundernswert vollgefusseltes Heim. Neben den aus dunklen Ecken ans Licht gezerrten Staubflocken hatte der kleine Fusseltiger wohl auch selbst nicht mit Zugaben aus seinem langen Haarpelz gegeizt. Wie pflegeleicht war doch unser kurzhaariger Schnups gewesen! Da konnte ich wohl gespannt sein, wie oft ich nun täglich Staubtuch und Staubsauger würde schwingen müssen.

Wie aus einem Kätzchen ein Bär wurde

Bisher stürmte unser neuer vierbeiniger Mitbewohner noch namenlos durch sein junges Leben. Da der Kleine unserer jüngsten Tochter gehörte, war sie ab sofort nicht nur für sein Rundumwohlbefinden verantwortlich, sondern auch für die Namensgebung. Als ich fragte, ob sie bereits über einen Namen für das Katerchen nachgedacht hätte, erfuhr ich, dass der kleine Kerl Pooky heißen sollte.

Ein wenig verwundert über diesen seltsamen Namen fragte ich: „Wie kommst Du auf Pooky?"

Unsere Tochter schaute mich erstaunt an und antwortete: „Kennst Du denn den Teddy von Garfield gar nicht?"

Ach, der Teddybär von diesem dicken roten Kater aus den Comic-Strips von Jim Davis hieß Pooky? Das war mir irgendwie bis dahin entgangen, obwohl ich ein ausgesprochener Fan dieser Comic-Serie war. Oder hatte ich den Namen doch schon einmal irgendwo gelesen oder gehört? Vielleicht war es in einem der kleinen Heftchen, die im Bücherregal unserer Tochter standen?

„Aber wird der nicht mit einem doppelte ‚O' geschrieben?", fragte ich. „Demnach müsste der Name doch mehr wie „Puuky" ausgesprochen werden. Das kommt doch aus dem Englischen bzw. Amerikanischen."

Erneut erntete ich einen erstaunten Blick. Der ließ mich allerdings wissen, dass ich hier diejenige war, die keine Ahnung hatte. Na gut, dann würde unser Plüschlöwe eben Pooky heißen – so gesprochen wie geschrieben. Damit waren die Diskussion und die Namensgebung beendet. Und unserem Pooky-Bären war es letztendlich egal, wie wir nach ihm riefen. Er hörte ohnehin nur, wenn und wann er wollte, und das war bisher eher selten der Fall.

Eine Weile später mussten wir übrigens feststellen, dass Tierärztinnen ebenso unwissend sind wie Mütter. Unsere Tierheilerin stellte nämlich dieselbe dumme Frage wie ich zuvor, als sie den Namen unseres kleinen Vierbeiners erfuhr.

„Ach Pooky heiß er, wie der Teddy von diesem Comic-Kater?", fragte sie strahlend und sprach das Doppel-O doch glatt wie im Englischen üblich aus.

Welch gravierender Fehler! Ich klärte sie schleunigst darüber auf, dass sie mit der Aussprache nicht ganz richtig liegen würde. Unser „Puuky" würde nämlich Pooky heißen – so gesprochen wie geschrieben.

„Aha!", sprach sie artig und widmete sich, still in sich hinein grinsend, ihrer eigentlichen Aufgabe – der Betrachtung unseres kleinen lebenden Mitbringsels.

Unser Katerchen war, bevor er zu uns umzog, nur auf Schönheit geprüft worden. Die Frage zu

beantworten, wie es mit der körperlichen Fit-
ness und dem allgemeinen Gesundheitszustand
unseres neuen Mitbewohners aussah, wollten
wir aber doch lieber der Fachfrau überlassen. So
wurde der kleine Plüschlöwe gedrückt, gedreht,
gewendet und schließlich auch noch gepiekt.
Am Ende der ganzen Prozedur erfuhren wir,
dass es sich bei ihm um ein gesundes und al-
tersgemäß gut entwickeltes Katzenkind handeln
würde.

Schmunzelnd fügte die Tierärztin noch hinzu,
dass wir es richtig erkannt hätten, es wäre tatsächlich ein Katerchen. Mancher Tierhalter hätte in ihrer Praxis schon erstaunliche Überra-
schungen, das Geschlecht seines neuen
tierischen Mitbewohners betreffend, erlebt.

Hoch hinaus

Nachdem unser Katerchen nun frisch geimpft
und entwurmt war und auch nicht mehr namenlos durch die Welt sprang, hatten wir die
wichtigsten Dinge im Leben des kleinen
Plüschlöwen vorerst erledigt. Nun konnten wir

uns der Erziehung unseres vierbeinigen Mitbewohners widmen.

Es war immer noch Sommer. Unsere Kinder hatten noch eine Weile Ferien und konnten sich somit auch tagsüber gut um den kleinen Stubentiger kümmern. Er war also, obwohl wir Eltern bereits wieder unserer Arbeit nachgehen mussten, vorerst auch tagsüber noch unter Kontrolle. Schließlich hatte er noch einige Spielregeln im Zusammenleben mit uns Menschen zu lernen. Und sollte unser Stubentiger nicht immer nur ein reiner Stubentiger bleiben, musste er auch langsam an das feindliche Leben draußen gewöhnt werden. Ein Freigang schärft nicht nur die Sinne und regt den Geist an, er kommt auch dem enormen Bewegungsdrang eines Katzenkindes entgegen. Nebenher schont er sogar noch Möbel und Gardinen, die sonst aus Mangel an geeigneten Kratz- und Klettermöglichkeiten sicher gern als Ersatzbaum würden herhalten müssen. Es gab also noch viel zu lernen für unser Katerchen. Aber wie sich schnell herausstellen sollte, hatte nicht nur unser Vierbeiner eine Menge zu lernen.

Seine erste Bekanntschaft mit der freien Natur musste unser Minitiger zunächst noch an der Leine machen. Vieles von dem, was er sonst sicher noch von der Katzenmutti gelernt hätte, würden wir ihm nun beibringen müssen. In der Regel klappte alles perfekt, auch wenn der kleine Wirbelwind mitunter schneller durch die Gegend spurten wollte, als es die Länge der Leine hergab. Im Eifer des Gefechts entglitt der Ersatzkatzenmutti auch schon mal der Führstrick. Meistens aber war der kleine Plüschlöwe schnell wieder eingefangen.

Eines Tages jedoch, jüngste Tochter und Katerchen waren wieder einmal zu einer Minitigerausgehübung im Park hinter unserem Haus unterwegs, kam unsere Tochter ziemlich aufgelöst wieder zurückgeeilt – ohne den kleinen Wildfang. Der nämlich hatte sich plötzlich losgerissen, war quer über die Wiese im Park davongaloppiert und schließlich hinauf auf einen Baum geschossen. Die Leine hatte er dabei hinter sich hergezogen. Nun saß er auf dem Baum und ließ sich nicht wieder hinunterlocken, kletterte bei jedem Lockruf eher noch etwas höher hinauf, als würde er sich aus der ganzen Sache einen riesigen Spaß machen. Dann aber hatte sich unser Katertier mit der Leine im Gewirr der Äste verfangen. Unsere Tochter hatte jetzt natürlich berechtigt Angst, die Leine könnte Pooky plötzlich zum Verhängnis werden. Mir bleib nichts anderes übrig, als mir selbst ein Bild von der ganzen Sache zu machen. Mal schauen, was ich tun könnte.

Einen Augenblick später standen wir gemeinsam unter dem Baum und blickten hinauf zu dem kleinen Kletterkünstler. Der hatte sich tatsächlich mit der Leine im Geäst des Baumes festgezurrt. Musste er sich ausgerechnet einen solch dicken Baum aussuchen? Die untersten Äste begannen erst weit über unserer Kopfhöhe. Ein einfaches Hochklettern ohne Hilfsmittel war praktisch unmöglich, es sei denn, man wäre wie unser Katerchen mit Krallen bewehrt. Da uns die Natur aber keine Kletterkrallen geschenkt hat, mussten wir uns wohl oder übel etwas anderes einfallen lassen. Ein bisschen ratlos standen wir unter dem Baum und starrten hinauf zu dem fest mit dem Baum verbundenen Pelzbündel. Wahrscheinlich blieb uns gar nichts anderes übrig, als irgendwie zu ihm hochzusteigen. Sicher, als Kind war ich gerne auf Bäume geklettert, aber das war schon eine Weile her. So betrachtet war ich ziemlich aus der Übung. Wie würden das die Zuschauer dort drüben finden, wenn ich auf den Baum steigen würde? Auf einem Weg im Park standen bereits einige Leute und schauten gespannt zu uns hinüber. Ausgeschlossen, unter den Augen eines solchen Publikums würde ich nicht auf den

48

Baum steigen und die Feuerwehr würde ich vorläufig auch nicht holen. Eine andere Lösung musste her.

Während unsere Tochter bei Pooky Wache hielt, ging ich zurück nach Hause in der Hoffnung, dass mir dort irgendwie eine Idee zufliegen würde. Eine für diesen Zweck geeignete Leiter gab es dummerweise in unserem Haushalt nicht. Als ich schließlich grübelnd über unseren Hof lief, stolperte mein Blick über eine Wäschestütze, die unter einer Wäscheleine stand. Meine Großmutter hatte ähnliche Holzstützen verwendet wie unsere alte Nachbarin es noch immer tat. Ich hatte solche Teile bisher immer als unnötig betrachtet. Vielleicht aber könnte so ein Ding jetzt für einen ganz anderen Zweck hilfreich sein. Ich schnappte mir kurzentschlossen eine der langen Holzstangen, von denen noch einige in einer Hausecke standen, und eilte damit zurück in den Park.

Den Zuschauern war es inzwischen zu unserem Glück wohl langweilig geworden. Jedenfalls stand niemand mehr am Weg und beobachtete uns. Unser Katerchen saß nach wie vor auf dem Baum – gut festgezurrt, schaute aber nicht mehr ganz so belustigt zu uns hinunter. Ob es ihm auf seinem Hochsitz inzwischen doch ungemütlich geworden war? Hoffentlich würde er sich nicht plötzlich todesmutig in die Tiefe stürzen, weil er auf einmal einfach nur schnell wieder runter wollte. Nicht, dass er sich am Ende noch vor unseren Augen erhängen würde. War nur zu hoffen, dass ich mit meinem hölzernen Mitbringsel unser Problem irgendwie würde lösen können.

Wie sich zeigte, reichte die Wäschestütze gut hinauf zum Katerchen. Als ich jedoch damit vor Pookys Nase herumhantierte, glaubte der wohl, ich hätte zu seiner Unterhaltung ein neues Spiel erfunden. Begeistert begann er trotz eingeschränkter Bewegungsfreiheit, das hölzerne Teil zu bekämpfen. Dabei zurrte er sich noch fester an den Baum. Ich sah mich schon fast doch noch auf den Baum klettern oder gar die Feuerwehr holen.

Vielleicht aber ließ sich der Spieltrieb des Katers ausnutzen, um die Leine zu entwirren. Einen Versuch war es auf jeden Fall wert. Ich schob die Stange nun von der anderen Seite erneut gegen den Ast, auf dem der kleine Spieltiger saß. Unser Kletterkünstler drehte sich auch wie erhofft um und ließ sich tatsächlich mit der zappelnden Stange von Ast zu Ast locken. Bald war die Leine soweit entwirrt, dass sie selbst bei einem Sprung des Katers in die Tiefe keine Gefahr mehr für ihn darstellte. Erleichtert atmeten wir auf – ein wenig zu früh, wie wir gleich feststellen sollten.

Plötzlich muss Pooky bemerkt haben, dass er seine Bewegungsfreiheit zurückgewonnen hatte und nichts mehr an seinem Hals zerrte. Jetzt konnte er doch den Baum auch weiter oben noch erkunden. Fassungslos schauten wir auf ein kleines pelziges Hinterteil, das den Baum höher und höher hinaufhüpfte. Das war doch nicht zu glauben! Sollte jetzt etwa doch noch einer von uns auf den Baum steigen müssen? Ratlos schauten wir dem nach oben entschwindenden Katzenpopo hinterher.

Doch dann, als hätte unser verkapptes Eichhörnchen auf einmal Angst vor der eigenen Courage bekommen, stoppte es und schaute mit großen schwarzen Kulleraugen zu uns hinunter. Angstvoll krallte sich der eben noch so Mutige in die Baumrinde und maunzte kläglich. Zum Glück hing die Leine frei herunter. Hoffentlich verhakelte sie sich nicht erneut in den Zweigen. Mit flötenden Stimmen sprachen wir unserem armen Kätzchen Mut zu. Das schien sogar zu helfen. Ganz langsam und vorsichtig rutschte uns nun Stück für Stück der kleine pelzige Katzenpopo wieder entgegen. Mitunter sah der Abstieg in unseren Augen ganz schön gruselig aus. Entsprechend aufgeregt hüpften wir Mädels unter dem Baum hin und her, um den verrückten Kater im Bedarfsfall auffangen zu können. Welch unsinniges Unterfangen das war, ging uns erst später auf. Die Leine hätte Pooky zum Verhängnis werden können, doch die Sprunghöhe ganz sicher nicht. Angeblich sollen Katzen doch gerade aus großen Höhen immer gut und sicher auf ihren vier Pfoten landen können. Nur Vögel können besser fliegen. Doch soweit konnten wir in diesem Moment nicht denken. Hätten wir jetzt noch Zuschauer gehabt, wären sie ganz sicher auf ihre Kosten gekommen. Sie hätten einen unterhaltsamen Nachmittag mit zwei hektisch unter einem Baum hin- und herspringenden weiblichen Wesen haben können, denen am Ende vielleicht sogar noch ein kleines grauweißes Katerchen mitten ins Gesicht gesprungen wäre.

Letztendlich ging alles gut. Unser Kletterkünstler schaffte es schließlich fast ganz allein vom Baum hinunter. Weder mussten wir selbst hinaufsteigen, noch mussten wir einen abstürzenden Kater auffangen. Das kleine Pelzbündel war nämlich bald soweit den Baumstamm hinuntergerutscht, dass es in greifbarer Höhe für uns hing und wir es unbeschadet vom Baum pflücken und in die Arme schließen konnten. Ein aufregendes Abenteuer für Mensch und Tier hatte ein gutes Ende gefunden.

Wenn nun aber jemand denkt, diese Baumbesteigung war die erste und letzte im Leben unseres Katers, der irrt. Pooky musste noch oft hoch hinaus. Genug Bäume zum Üben gab es in unserem Park, und Übung macht gewöhnlich den Meister. Manchmal hatten wir durchaus den Verdacht, er stand mit den Eichhörnchen in unserem Park in einer Art von Wettbewerb ganz nach dem Motto: Wer kann am höchsten klettern, am weitesten springen?

Was die Höhe betraf, konnte unser Meisterkletterer durchaus mit den Eichhörnchen mithalten. Die Kunststückchen allerdings, die diese roten Wesen mit dem buschigen Schwanz von Ast zu Ast und von Baum zu Baum springend vollführten, waren eine Leistung, an die unser grauer Kletterkünstler trotz all seiner Übung nie herankam. Manchmal saßen die Roten auf einem Ast über ihm und lachten ihn frech keckernd aus. Eine unverschämte Provokation, die unseren Kater immer wieder zu neuen waghalsigen Kletterabenteuern anspornte.

Für diesen Tag aber hatten wir genug vom Frei-gang unseres Jungspundes. Wir mussten das aufregende Abenteuer erst einmal verdauen. Also ging es ohne weiteren Zwischenaufenthalt heim. Für den Rest des Tages verhängten wir für den Kater Hausarrest. Der erwies sich aller-dings, wie sich schnell zeigte, als unnötig. Der kleine Baumakrobat schien nämlich von seinem Ausflug ziemlich k.o. zu sein. Kaum zuhause, warf er sich noch einige Bröckchen Futter ein, und wenig später lag eine kleine graue Pelzku-gel in ihrem Lieblingssessel und glitt hinüber ins Reich der Träume.

Als ich zwischendurch nach ihm schaute, zuck-te einmal das eine, dann wieder ein anderes Pfötchen. Ob er im Traum gerade wieder auf einen Baum kletterte? Lächelnd stand ich vor der kleinen flauschigen Katzenrolle und fragte mich, was uns wohl noch alles an aufregenden Abenteuern mit diesem kleinen Teufel bevor-stehen würde.

Ungewollt auf Abwegen

Das nächste Abenteuer ließ auch tatsächlich nicht lange auf sich warten. Wie bereits erwähnt, hatten unsere Kinder noch eine Weile Ferien. Unsere Tochter, die frisch gekürte Katzenbesitzerin, würde diesen Sommer aber nicht nur zuhause verbringen. Sie hatte noch einen mehrwöchigen Aufenthalt bei den Großeltern geplant. Dort lockte nämlich noch ein anderer Vierbeiner – eine schwarze Cockerhündin. Nun hatten wir zwar neuerdings unseren eigenen Vierbeiner, um den sich unsere Tochter hätte kümmern sollen, denn schließlich hatten wir ihr diesen Familienzuwachs zu verdanken. Andererseits hatten wir die Ferienplanung bereits zu Zeiten gemacht, als wir von dem kleinen Plüschlöwen, der nun bei uns wohnte, noch nichts ahnten. Sollten also Tochter und Hündin, wie geplant, ihren Spaß miteinander haben.

Natürlich versäumte unsere Tochter es nicht, uns vor ihrer Abfahrt dringlich ans Herz zu legen, unbedingt gut auf ihren Pooky aufzupassen. Nicht, dass ihn am Ende jemand mitnehmen würde, sollte er draußen allein umhertoben. Wir verdrehten bei ihren Worten alle genervt die Augen. Wer sollte ihn schon mitnehmen wollen? Und selbstverständlich würden wir gut auf ihn aufpassen.

So fuhr unsere Tochter davon, und unser Minikater lernte im Laufe des Sommers nach und nach die Gegend rund um unser Haus und natürlich auch den Park hinter unserem Haus immer besser kennen. Bald konnten wir ihm seinen Ausgang auch ohne Leine gestatten. Vorsichtshalber trug er sogar bei seinen Freigängen ein Halsband. Schließlich sollte erkennbar sein, dass der kleine Kater ein Zuhause hatte und nicht als herrenloses Kätzchen durch die Welt trippelte.

Pooky wuchs uns mehr und mehr ans Herz, und bald schon konnten wir uns nicht mehr vorstellen, wie wir zuvor ohne ihn hatten auskommen können. So sehr ich mich auch anfangs gegen ihn gewehrt hatte, jetzt gehörte das flauschige Pelzbündel einfach zu unserer Familie dazu und es war überall dabei.

Wir hatten in jenem Jahr einen herrlichen Sommer und wir genossen die schönen Tage oft und gern an einem schattigen Plätzchen im Garten hinter unserem Haus. Unser Vierbeiner leistete uns dabei natürlich Gesellschaft und tobte fröhlich durch den Garten. Was gab es da alles für ein Katzenkind zu entdecken! Aus seiner gefährlichen Klettertour hatten wir selbstverständlich gelernt. Mitunter war er schon ein wenig unberechenbar. Wir würden ihn vorerst noch immer gut im Auge behalten müssen. In der Regel war er also nur draußen, wenn sich auch einer von uns Menschen im Freien aufhielt. Schließlich hatten wir versprochen, gut auf ihn aufzupassen. Aber so gut konnte man gar nicht aufpassen, wie es die Neugierde und der Forscherdrang des kleinen Katers erfordert hätten. Manchmal war er dann doch aus unserem Blickfeld geraten, das aber meistens nie lange. Er wusste inzwischen recht gut, wo sein Zuhause war.

Langsam ging nicht nur ein schöner Sommer seinem Ende entgegen, auch das Ferienende für unsere Kinder näherte sich unaufhaltsam und mit ihm ebenso das Ende des Aufenthalts unserer jüngsten Tochter bei den Großeltern.

Die Ostsee lockte trotz scheidenden Sommers immer noch zahlreiche Gäste an. Die vielleicht letzten herrlich warmen Tage wollten alle noch einmal ordentlich auskosten.

Unser neugieriger Kater, inzwischen gut vier Monate alt, dehnte seine Spaziergänge ganz allmählich immer weiter aus. Mitunter stromerte er auch gern einmal durch die Dünen oder er stolzierte keck auf der Strandpromenade auf der anderen Straßenseite umher. Ich sah das durchaus mit einigem Unbehagen. Was aber sollte ich dagegen tun? Ich hätte ihm natürlich den Freigang streichen können. Aber wollte ich das? Dann hätte er von Anfang an ein reiner Stubentiger bleiben müssen. Dafür wiederum war er viel zu wild und unternehmungslustig. Wenn ich ihm also den Freigang zugestand, sollte mir klar sein, dass draußen auch Gefahren auf ihn lauerten. Ich würde lernen müssen, damit zu leben. Leicht fiel mir das seit dem spurlosen Verschwinden unseres Katers Schnups allerdings nicht.

Pooky war immer noch ein niedliches Kätzchen, wenn auch nicht mehr ganz so winzig, unvorsichtig und unerfahren wie noch einige Wochen zuvor. Wie schnell aber ist so ein niedliches Wesen auf den Arm genommen, weggetragen und fernab seines Zuhauses einfach wieder abgesetzt.

Der Straßenverkehr machte mir dagegen fast weniger Sorgen. Die Straße vor unserem Haus war im Sommer mehr eine Park- als eine Schnellstraße. Im Winter gab es hier sogar kaum Verkehr. Bis zur Hauptstraße würde unser Vierbeiner wohl kaum laufen. Schon einige Male hatte ich beobachtet, dass ihm der Lärm hinter dem Park in der Ferne Angst zu machen schien. Die Spaziergänger direkt vor unserer Haustür konnten ihm schon eher gefährlich werden.

Doch dann machte ich eines Tages eine Beobachtung, die mich in Hinsicht der Spaziergänger sehr beruhigte. Pooky stolzierte wieder einmal auf der Promenade vor unserem Haus umher. Einige Fußgänger wurden auf ihn aufmerksam, blieben stehen, sprachen mit ihm. Ab und zu bückte sich auch jemand, um ihn zu streicheln. Aber jedes Mal, wenn sich die fremde Hand seinem Pelz näherte, tauchte unser Kater ganz geschickt unter der Hand hindurch und trippelte einige Schritte weiter. Die Hand griff ins Leere. Das Spiel wiederholte sich viele Male, bis der Streichelwillige amüsiert lachte und begriff, dass sich das Kätzchen nicht streicheln lassen wollte.

Besonders lustig war es mit einem kleinen Mädchen, das noch recht unsicher auf seinen Beinchen stand. Lange konnte es noch nicht her sein, dass es frei und ohne Muttis Hilfe laufen konnte. Als die Kleine Pooky plötzlich entdeckte, stolperte sie aufgeregt hinter ihm her und rief laut: „Wauwau!".

Unser „Wauwau" blieb sogar stehen und schaute dem auf ihn zuwackelnden Mädchen entgegen. Ich war gespannt, was passieren würde und stellte mir schon vor, wie sich die Kleine gleich in seinem Pelz festkrallen würde. Ein Streicheln würde das mit Sicherheit nicht werden. Hoffentlich sah die Mutti das auch so und passte auf. Doch in dem Moment, als das Mädchen Pooky erreicht hatte und ihn kreischend berühren wollte, bog der Kater seinen Rücken durch und tauchte geschickt unter der Kinderhand hinweg. Dabei trippelte er zwei, drei Schritte vorwärts. Das Mädchen trippelte natürlich hinterher. So einfach würde es sich doch den „Wauwau" nicht entgehen lassen. Das Spiel ging eine ganze Weile so weiter.

Ich stand währenddessen als stiller Beobachter auf der anderen Straßenseite und grinste in mich hinein. Was war unser Kater doch für ein Schelm! Nach vielen Fehlversuchen, Pooky zu greifen, wäre die Kleine am Ende beinahe noch gestürzt. Wären da nicht zur rechten Zeit die rettenden Arme der Mutti gewesen, hätte es sicher blaue Flecken oder eine aufgeschrammte Nase gegeben.

Nach diesem Erlebnis war ich einigermaßen beruhigt. Unser Katerchen würde sich von niemandem einfach mitnehmen lassen. So dachte ich jedenfalls. Wie falsch das gedacht war, sollte ich wenig später erfahren.

Es war Wochenende - ein früher Samstagnachmittag. Ich hatte mir draußen in unserem Garten ein schattiges Plätzchen gesucht und mich in ein Buch vertieft. Pooky leistete mir Gesellschaft und stromerte durch unser kleines Gartenreich. Einmal versuchte er, einen durch den Garten tanzenden Schmetterling zu fangen und ein anderes Mal wieder das Schirmchen einer Pusteblume springend zu erhaschen. Eine Weile tollte er so in meiner Nähe umher, immer wieder aber verschwand er auch durch die Zaunlücke, die unser Schnups schon gern benutzt hatte, um ohne größere Umwege in den Park hinter unserem Haus zu gelangen. Dann wieder hüpfte unser Springinsfeld stolz auf die kleine Mauer, die unser Grundstück vom Nachbargrundstück trennte, und schließlich trippelte er darauf weiter in Richtung Ostsee davon. Ob er wieder einen kleinen Promenadenspaziergang machen wollte? Ich würde wohl nachher einmal nach ihm schauen müssen.

Kurz, nachdem ich unseren Kater auf der Mauer hatte stolzieren sehen, ging ich ins Haus, um mir einen Kaffee zu machen. Es mag vielleicht doch eine Weile gedauert haben, bis ich mit dem Kaffee wieder zurück im Garten war. Nebenher hatte ich im Haus schnell noch einiges erledigt.

Als ich mit meinem Kaffee in der Hand zurück zu meinem Tisch im Grünen kam, war der Garten immer noch katerlos. Auch auf dem Hof konnte ich unseren Springinsfeld nicht entdecken. Wo mochte er sein? Ob er im Park war? Ich ließ meinen Kaffee erst einmal Kaffee sein und schaute mich im Park um. Aber dort schien unser Kater nicht zu sein. Ob er tatsächlich auf der Promenade war? Schließlich war er in genau diese Richtung gelaufen, als ich ihn das letzte Mal gesehen hatte. Doch weder auf der Promenade, noch in den Dünen konnte ich unseren Plüschlöwen entdecken. Wo mochte er nur abgeblieben sein? Nachdenklich ging ich zurück zu meinem Platz im Garten. Auch dort war nach wie vor nichts von ihm zu sehen. Ein bisschen verwundert setzte ich mich wieder, vertiefte mich zunächst erneut in mein Buch und trank meinen Kaffee.

Dann aber war mein Kaffee ausgetrunken, nur vom Kater gab es nach wie vor keine Spur. Inzwischen war ich doch gewaltig beunruhigt und ich machte mich erneut auf die Suche nach ihm. Wiederum blieb sie ergebnislos.

Der Nachmittag verging und immer noch war unser Wirbelwind nicht aufgetaucht. Wo mochte er nur sein? Meine Unruhe stieg von Minute zu Minute. Ob wir nicht doch etwas intensiver suchen sollten? Wer weiß, auf welche Abwege er geraten war? Ich schaute noch einmal im Haus nach Pooky, schließlich stand die ganze Zeit, während ich draußen gesessen hatte, die Tür zum Garten offen. Vielleicht lag er längst irgendwo zur Kugel zusammengerollt im Haus und schlief tief und fest, und ich rannte aufgeregt umher und machte mir unnütze Sorgen. Doch auch auf all seinen Lieblingsschlafplätzen war kein Pooky zu entdecken.

Meine Suche blieb vom Rest der Familie natürlich nicht unbemerkt, und so hatte ich bald Gesellschaft und Hilfe bei meinen Bemühungen, den Kater zu finden. Jeder von uns hielt nun in einer anderen Richtung nach ihm Ausschau. Leider einer so erfolglos wie der andere.

Sollte sich mit diesem Kater etwa das wiederholen, was wir vor einem knappen Jahr mit unserem Schnups erlebt hatten? Ich mochte diesen Gedankengang gar nicht zu Ende denken. Ob vielleicht jemand unseren Kater versehentlich in

seinem Schuppen oder in seiner Garage einge-
schlossen hatte? Pooky war ein neugieriger Bursche, der seine Nase überall reinstecken musste.
Möglich, dass ihm dabei jemand ungewollt eine
Tür vor der Nase zugeschlagen hatte. Mit dieser
Hoffnung klapperten wir noch einmal sämtliche
Häuser in der näheren Umgebung ab, lauschten
vor jedem Schuppen, vor jeder Garage nach
einer maunzenden Katze. Aber nirgends
maunzte eine Katze. Wo nur war Pooky abgeblieben?

Ich schlief die Nacht so gut wie nicht. Immer
wieder ging mir der verschwundene Kater
durch den Kopf. Was wäre, wenn er nicht wieder auftauchen würde? Wie sollte ich unserer
Tochter, wenn sie aus den Ferien bei Oma und
Opa heimkehrte, erklären, dass ihr Pooky fort
war? Je länger ich darüber nachdachte, umso
unruhiger wurde ich. Hatte unsere Tochter uns
nicht extra ans Herz gelegt, wir sollten auf den
Wildfang aufpassen, aufpassen, dass ihn niemand mitnimmt? Nun war vielleicht sogar genau das geschehen. Oder war ihm etwas anderes passiert? War er am Ende überfahren
worden? Aber wenn er überfahren worden wäre, hätten wir ihn nicht finden müssen? Wir
hatten doch auch an sämtlichen Straßen rings-
um nach ihm gesucht. Nein, dass er überfahren

worden war, konnte ich mir nicht vorstellen. Es war Wochenende, da räumte so schnell kein Straßendienst überfahrene Tiere von den Straßenrändern fort. Es musste etwas anderes hinter dem Verschwinden unseres Katers stecken.

Am anderen Morgen hatte ich nichts Eiligeres zu tun, als raus in den Garten zu laufen, nach Pooky zu rufen und erneut nach ihm zu suchen. Meine Rufe blieben ungehört, meine Suche erfolglos wie am Tag zuvor, immer noch kein Lebenszeichen von ihm – weder im Garten, noch im Park, noch auf der Promenade. Auch meine Suche in den Dünen und am Strand brachte keine neuen Erkenntnisse.

Als der Abend heranrückte, war ich mir sicher, dass niemand unseren pelzigen Vierbeiner versehentlich irgendwo eingesperrt haben konnte. Unser Kater hätte doch sicher laut um Hilfe gerufen. In meiner Firma war auch einmal versehentlich eine Katze eingesperrt worden. Sie hatte bald laut maunzend auf sich aufmerksam gemacht, sodass wir sie aus ihrer misslichen Lage befreien konnten. Pooky würde doch wohl nicht still und stumm in so einem Gefängnis sitzen. Schon allein sein Magen würde ihm sagen, dass es angebracht wäre, um Hilfe zu rufen.

Es war an der Zeit, ernsthaft zu überlegen, was wir außer der bereits mehrmals erfolgten Rundumsuche tun konnten, um unseren Kater wiederzufinden. Sohn und Tochter hatten die Idee, Suchmeldungen in unserm Ort zu verteilen. Vielleicht erhielten wir dadurch zumindest irgendwelche Hinweise, denen wir nachgehen konnten.

Zunächst aber rief ich sämtliche mir in der Umgebung bekannten Tierärzte an und fragte nach unserem vermissten Kater. Leider konnte uns keiner von ihnen weiterhelfen. Auch in der Zoohandlung am Ort hatte niemand eine entlaufene Katze gemeldet oder abgegeben.

Wir mussten wohl nun doch auf den Plan mit den Suchmeldungen zurückkommen. Ein Text war schnell entworfen, und dank PC waren die Zettel ebenso schnell ausgedruckt. Noch am gleichen Tag verteilten wir überall im Ort unsere Suchmeldungen, hefteten sie an Bäume, Plakatwände, Litfaßsäulen und an das Anschlagbrett an der Zoohandlung. Dann begann die Zeit ungeduldigen Wartens.

Nach und nach erhielten wir einige Hinweise auf irgendwo gesichtete Katzen. Aber letztendlich passten alle Beschreibungen nicht auf unseren Pooky.

Das Wochenende, an dem wir unsere jüngste Tochter aus ihren Ferien bei Oma und Opa abholen wollten, rückte näher und näher. Wie nur sollten wir unserem Kind beibringen, dass sein Kater verschwunden war? Bisher hatten wir das nämlich verschwiegen, hegten wir doch immer noch die leise Hoffnung, dass unsere Suchmeldungen Erfolg haben könnten. Aber spätestens am Samstagabend würden wir wohl in den sauren Apfel beißen und beichten müssen, dass der Kater fort war, wenn, ja, wenn nicht vorher noch ein Wunder geschehen würde.

Und manchmal ist es tatsächlich so, dass genau dann ein Wunder geschieht, wenn man es am nötigsten braucht. Es war bereits später Freitagnachmittag, als es an unserer Tür klingelte. Ich öffnete und stand einem jungen Paar gegenüber. Der Mann hielt einen unserer Zettel in der Hand und fragte, ob sich unsere Katze schon wieder angefunden hätte.

„Nein!", lautete meine knappe Antwort.

Dann erzählten die beiden, dass sie unseren Zettel gerade an der Zoohandlung entdeckt hätten und ein Kätzchen, auf das die Beschreibung passen könnte, hätten sie ebenfalls gefunden.

Gefunden? Etwas irritiert hörte ich weiter zu.

Schließlich stellte sich heraus, dass unsere beiden Besucher am Samstag vor einer Woche mit ihren Kindern am Strand waren. Als sie sich nachmittags wieder auf den Heimweg machen wollten, entdeckten sie am Strandzugang gegenüber von unserem Haus einen kleinen Kater, der sich mit seinem Halsband in einem der Sanddornsträucher verhakt hatte und um Hilfe maunzte. Schnell hatten sie ihn aus seiner misslichen Lage befreit.

Dann aber kamen ihre beiden Kinder ins Spiel, die von dem süßen Kätzchen ganz begeistert waren und es unbedingt mitnehmen wollten. Am Ende hatten sich die Eltern dazu überreden lassen. Das nun wieder konnte ich absolut nicht verstehen. Einer Katze behilflich zu sein, wenn sie irgendwo festhängt, das ist die eine Sache, aber sie anschließend gleich mitzunehmen, das konnte ich nun wirklich nicht begreifen. Das Halsband, das Pooky trug, hätte sie doch wohl stutzig machen müssen. Hätten sie ihn ganz einfach aus dem Strauch abgepflückt und laufen lassen, hätte er problemlos wieder zu uns zurückgefunden.

Die beiden hatten sogar vermutet, dass der kleine Kater irgendwo in einem der Häuser gegenüber vom Strand sein Zuhause haben könnte. Wie sie mir erzählten, hatten sie sogar bei unserer alten Nachbarin geklingelt. Die aber kannte das Katerchen angeblich nicht und behauptete, es noch nie gesehen zu haben. So nahm das Schicksal seinen Lauf, und unser Plüschlöwe zog wider Willen zu einer neuen Familie.

Eine Woche nach diesem Ereignis war das Ehepaar erneut bei uns im Ort unterwegs und kam dabei eher zufällig an der kleinen Zoohandlung vorbei, an der eine unserer Suchanzeigen aushing, die sie schließlich zu uns führte.

Nach ihrer Schilderung der Ereignisse wäre ich am liebsten sofort mit zu ihnen nach Hause gefahren, um unseren Wirbelwind abzuholen. Leider hatte das Paar an diesem Abend einen Kinobesuch geplant. Wir würden uns also bis zum nächsten Tag gedulden müssen. Die Familie hatte ohnehin zum Wochenende noch einen Strandbesuch vor. Da bot es sich praktisch an, unseren Kater bei der Gelegenheit gleich zurückzubringen.

Es fiel mir schwer, das alles zu glauben. Aber das, was das Ehepaar erzählt hatte, deutete tatsächlich darauf hin, dass es sich bei dem Kätzchen, das seit einer Woche bei ihnen wohnte, um Pooky handelte. Wieder fand ich nachts kaum Schlaf. Ich war viel zu aufgeregt und konnte den nächsten Morgen kaum erwarten.

Am anderen Vormittag fieberten wir ungeduldig der Heimkehr unseres Vermissten entgegen. Minuten wurden zu gefühlten Stunden. Endlich klingelte es, und die Familie stand mit Pooky vor der Tür. Er war es tatsächlich – der uns so lieb gewordene kleine Kater. Wie waren wir glücklich! Erst in diesem Moment wurde uns wohl so richtig bewusst, wie sehr wir den kleinen Kerl vermisst hatten, wie sehr er schon zu unserer Familie gehörte und was für ein unbeschreiblich schönes Gefühl es war, dieses kleine freche Pelzbündel wieder im Arm halten zu können. Gerührt drückte ich mein Gesicht in den samtig weichen Pelz des Heimkehrers. Wie schön, dass er wieder daheim war. Und das gerade noch zur rechten Zeit.

Leider hatten wir an diesem Tag nicht mehr viel Zeit für Pooky. Längst hätten wir unterwegs sein müssen zu unserer jüngsten Tochter, die wir aus ihren Ferien bei Oma und Opa abholen wollten. Wir versorgten unser Katerchen schnell noch mit ausreichend Futter und Wasser und einem frisch befüllten Katzenklo. Ob Pooky nach der langen Trennung einen Tag ohne uns auskommen würde? Aber wie die Dinge lagen, blieb ihm nichts anderes übrig.

Während wir die restlichen Sachen für die Fahrt zusammensuchten, schaute ich immer wieder nach unserem kleinen pelzigen Heimkehrer. Er saß ganz still und stumm in unserer Küche auf dem Fensterbrett und blickte ein wenig weltentrückt um sich. Es sah fast so aus, als würde er darüber nachgrübeln, woher er all das hier kannte. Hatte er so schnell schon sein Zuhause vergessen oder glaubte er zu träumen? Zu gern hätte ich in diesem Moment Pookys Gedanken lesen mögen. Was mag in seinem Köpfchen vorgegangen sein? Was bewegte ihn in diesem Moment? Ebenso gern hätte ich gewusst, was er während der einen Woche, fern von uns, erlebt hatte. Wie mag es ihm dort ergangen sein? Hatte es ihm gefallen oder war er froh, wieder bei uns zu sein?

Gefragt hatten wir Pookys Entführer nicht, wie die Woche mit ihm verlaufen war. Wir waren einfach nur froh darüber, ihn wiederzuhaben. Irgendwo im Hintergrund schlummerte auch ein wenig Ärger über die Entführung unseres Katers. Uns stand in dem Moment einfach nicht der Sinn nach großer Konversation. Sicher, wir waren froh über die Reaktion der Familie auf unsere Suchmeldung. Ebenso gut hätten sie unseren Kater einfach behalten können. Ziemlich sicher hätten wir nie erfahren, was mit ihm geschehen war. Trotz aller Freude, Pooky wieder bei uns zu haben, blieb bei uns ein Rest von Unverständnis über die Entführung unseres pelzigen Mitbewohners zurück. Vielleicht aber war dem Ehepaar auch erst mit dem Entdecken unserer Anzeige klar geworden, was sie mit ihrem unüberlegten Handeln angerichtet hatten. Egal, wichtig war am Ende, dass unser kleiner Vierbeiner wieder bei uns zuhause war.

Dass wir Pooky nun erst einmal allein lassen mussten, fanden wir weniger schön. Doch vielleicht hatte das auch sein Gutes. Er hatte Zeit, sich zu besinnen und sein altes Zuhause in Ruhe neu zu erkunden. Ich war sicher, er würde schnell alles wiedererkennen.

Und so war es auch. Als wir am anderen Tag wieder daheim waren, war auch unser Kater wieder der Alte. Er hatte seine Lieblingsschlaf- und Ruheplätze wiederentdeckt und sogar eine verschwunden geglaubte Spielmaus von irgendwoher hervorgezaubert. Selbst unsere jüngste Tochter, die er wesentlich länger als uns nicht gesehen hatte, erkannte er sofort wieder und begrüßte sie freudig. Es war, als wäre er nie fort gewesen. Mir fiel ein Stein vom Herzen.

Natürlich mussten wir unserer Tochter noch beichten, dass Pooky eine ganze Woche lang verschwunden war. Wir bekamen auch ordentlich unser Fett weg, hatte sie uns doch eindringlich ans Herz gelegt, gut auf ihren Kater aufzupassen. Aber letztendlich war auch sie froh, dass die Entführung ein gutes Ende gefunden hatte.

Wenn ein Türschlitz einläuft

Es dauerte eine Weile, bis wir Pooky wieder gänzlich ohne Leine vor die Tür ließen. Der Schock über sein plötzliches Verschwinden saß tief, und keiner von uns wollte diese aufregenden Tage erneut erleben müssen. Doch inzwischen war in unserer Familie ohnehin wieder der normale Alltag angebrochen. Wir Eltern gingen schon lange wieder unserer gewohnten Arbeit nach und auch für unsere Kinder war die schöne Ferienzeit zu Ende. Damit verkürzten sich die Ausgangszeiten für unseren pelzigen Mitbewohner fast automatisch, denn solange niemand aus der Familie zuhause war, gab es auch keinen Freigang für ihn. Pooky musste wohl oder übel damit zurechtkommen. Aber er verschlief ohnehin die meiste Zeit davon. Umso spannender und aufregender war für ihn dann natürlich der ersehnte Freigang. Den jedoch überwachten wir zumindest in der ersten Zeit strenger denn je.

Unser Plüschlöwe wuchs und gedieh prächtig und sah bald nicht mehr ganz so wie ein kleines verspieltes Kätzchen aus. Aber wer hätte gedacht, dass Wachstum nicht nur das Äußere selbst verändert, sondern auch Auswirkungen auf bestimmte Lebensbereiche hat.

Nach wie vor benutzte Pooky, so die Katerblase drückte, wie in alten Zeiten sein kleines fotoschaliges Trockenklo in unserem Bad. Bisher war der Weg durch den Schlitz am unteren Ende der Tür immer noch der perfekte Eingang für unseren Kater gewesen.

Eines Tages, ich hängte gerade Wäsche in unserem Bad auf, hörte ich von diesem Türschlitz her scharrende Geräusche. Ach, unser Kater musste natürlich wieder einmal mit ins Bad, wollte verfolgen, was ich dort gerade zu tun hatte. Wie hatte ich das vergessen können?

Er musste vom ersten Tag an, seitdem er bei uns wohnte, nicht nur ins Bad, wenn er sein Trockenklo benutzen wollte, es zog ihn auch hinein, wenn sich jemand von uns Menschen im Bad aufhielt. Ohne ihn ging in dieser Familie schließlich nichts, aber auch gar nichts. So wollte er auch jetzt das fast Verpasste eiligst nachholen und schnell hinter mir her.

Aber was war das? Warum nur konnte er heute nicht so schnell wie gewöhnlich unter der Tür hindurchhuschen? Es schrabbelte und schrabbelte und nichts geschah, außer, dass sich der graue Wuschelkopf unter dem Türschlitz vom Bad hindurchschob. Angestrengt versuchte unser pelziger Mitbewohner, weiter voranzukommen. Die weiß besockten Vorderpfoten schaufelten, was das Zeug hielt, doch irgendwie ging es einfach nicht vorwärts.

*

Was war nur mit diesen lahmen Hinterbeinen los? Oder waren gar nicht die Hinterbeine der schuldige Teil an dieser Misere? Steckte er ganz einfach fest, weil sein Eingang zum Bad eingelaufen war? Wie konnte das sein? Gerade hatte er doch noch hindurchgepasst. Also zurück und noch einmal Anlauf genommen. Wumm! Was war das nur? Warum passten Kopf und Vorderpfoten durch den Schlitz, aber mehr nicht? Warum konnte er mit den Pfoten schrabbeln, wie er wollte, und es ging trotzdem nicht weiter vorwärts?

Die Hinterpfoten mussten das Problem sein. Also sollte er ihnen vielleicht noch mehr Schubkraft verleihen. Boahh, wie anstrengend und trotzdem steckte er nach wie vor fest. Was war es nur, das da nicht hindurchpasste? War es der Katzenpopo, der von einer Stunde auf die andere angeschwollen war? Oder war es doch mehr der Bauch? Nein, also der Bauch ... Seit wann hätte er einen Bauch haben sollen? Er war er kerniger und straff gebauter Kater. Muskulös war er schon, aber das erklärte jetzt nicht das augenblickliche Problem.

Was schaute seine Menschenfrau so grinsend auf ihn herab? Was sprach sie da von einem Frühstück, das wohl ein wenig zu reichhaltig ausgefallen war? Anstatt ihm zu helfen, schwafelte sie dummes Zeug. Sah sie nicht, in welcher Zwangslage er sich gerade befand? Hörte sie nicht seinen Hilferuf? Hiiiiilfe! So hilf mir endlich!!!

*

Ich würde den armen Kerl wohl erlösen müssen, bevor er ganz feststeckte und ich am Ende noch mit der Säge würde an der Tür hantieren müssen. So versuchte ich ganz vorsichtig, die Tür zu öffnen, hatte dabei jedoch arg Mühe, den Kater nicht noch mehr zu verkeilen. Ich wollte ihm ja nicht auch noch wichtige Teile abklemmen. Oh, da war plötzlich auch noch die Türschwelle im Weg. War die eben auch schon da gewesen? Es klemmte vorn und hinten. Angestrengt versuchte ich, das Katertier in die einzig mögliche Position zu schieben, zu drehen und zu drängeln, die ein Öffnen der Tür überhaupt noch möglich machen könnte. Je mehr ich schob, umso stärker verkrampfte sich der Kater und verklemmte sich noch fester unter der Tür. Musste ich jetzt etwa am Ende tatsächlich noch an der Tür herumsägen, um den Kater zu befreien? Aber selbst, wenn ich hätte sägen wollen, ich war gerade weggeschlossen, war von jeglichem Handwerkszeug weit entfernt, ich war eingesperrt im Bad - durch einen unter der Tür verklemmten Kater.

Wenigstens hatten wir Wasser und würden nicht verdursten. Hungern würde uns beiden nicht schaden. Ich könnte dadurch endlich mein Idealgewicht erreichen, der Kater würde hoffentlich wieder auf die passende Türschlitzgröße schrumpfen, und die Befreiung rückte so in erreichbare Nähe. Wie lange mochte es dauern, bis so ein vollgefressener Kater entsprechend abgespeckt hatte? Da er morgens noch durch den Schlitz passte, sollte sich das Problem bei eintägiger Diät wohl relativ zügig gelöst haben.

Oder hielten solche Speckreserven länger vor? Grübelnd ließ ich von der Tür ab, und genau in dem Moment entspannte sich die pelzige Türbremse, drehte das Köpfchen ein wenig zur Seite, setzte die weißen Socken geschickt gegen die Türschwelle und schob sich langsam rückwärts in den Flur zurück. Erst verschwand der wuschelige Kopf und kurz darauf waren auch die weißen Söckchen verschwunden. So einfach war die Rettung? Das hatte der Schelm doch mit Absicht gemacht. Er wollte mich gern einmal in Panik sehen.

Aber ein anderes Problem mussten wir jetzt trotzdem noch lösen, schließlich hatte der Kater sein eigentliches Ziel noch gar nicht erreicht. Also öffnete ich vorsichtig, ganz vorsichtig die Tür, nicht, dass sich unsere pelzige Bremse erneut todesmutig auf den Türschlitz stürzte und wieder festklemmte und mich damit ins Bad einschloss. Aber nichts dergleichen geschah, ich konnte die Tür ohne weitere Zwischenfälle öffnen und den Kater auf dem ganz normalen Weg ins Bad hineinlassen. So kam seine Verklemmtheit am Ende doch noch dazu, das Aufhängen der restlichen Wäsche fachgerecht zu überwachen.

Wie sich an den folgenden Tagen zeigte, musste der Türschlitz tatsächlich auf unerklärliche Weise eingelaufen sein. Unser Kater passte einfach nicht mehr hindurch. Nach einigen weiteren vergeblichen Anstrengungen resignierte er nicht nur, er ignorierte einfach von da an diesen blöden Türschlitz. Bestrafung musste schließlich sein.

Dennoch grübelte Pooky noch eine Weile über das Türschlitzproblem nach.

*

Dass das alles an diesem einen Frühstück gelegen haben sollte, wie seine Menschenfrau behauptete, nein, das war völlig ausgeschlossen. Sonst hatte sich das Frühstück schließlich auch nicht so verdammt quergestellt. Wahrscheinlicher war schon die Sache mit dem Einlaufen des Türschlitzes. Sicher hatte einer aus seiner Menschenfamilie mit zu heißem Wasser an der Tür herumgeputzt. Hatte er nicht neulich gehört, wie sie sich über einen zu heiß gewaschenen Pulli unterhielten, der nun eher ihm, dem Kater, statt seiner Menschenfrau passen würde? Pullis kann man an Kater verschenken. Aber was macht man mit eingelaufenen Türschlitzen? Dehnen und weiten, indem man daran herumzerrt, wie es seine Menschenfrau mit dem Pulli getan hatte? Aber größer war der Pulli trotz des Gezerres nicht geworden, und so landete das hübsche Teil zu seiner Freu-

de in dem Obstkistchen, seinem neuen Lieblings-schlafplatz.

Das kleine Holzkistchen hatten ihm seine Menschen neulich von einem ihrer Jagdausflüge mitgebracht, und nun machte der so herrlich duftende Pulli den neuen Liegeplatz noch ein wenig weicher, wärmer und gemütlicher. Aber das alles löste nicht sein Problem mit dem eingelaufenen Zugang zu seinem Sandkistchen. Ob seine Familie eine Idee hatte, wie sie den Eingang zu seinem stillen Örtchen wachsen lassen könnte?

*

Natürlich grübelte auch die Familie über das Türschlitzproblem nach. Eine Lösung musste her, denn das Sandkistchen unseres Vierbeiners sollte nach wie vor im Bad bleiben. Also brauchte er freien Zugang. Sicher könnte man mehr oder weniger fachgerecht sägend den Türschlitz umarbeiten. Aber man könnte auch erkennen, dass das ehemals kleine Katerchen zu einem stattlichen Jungspund herangewachsen war und ab sofort einen mannsgerechten Eingang zum Bad benötigte.

Am Ende hatten wir es doch mehr mit der Erkenntnis und weniger mit dem Handwerklichen. Zunächst stellten wir uns sogar noch selbst als Türöffner zur Verfügung. Nur, mitun-

ter beanspruchte unser Jungspund diese Dienste auch aus reinem Spaß. Nicht selten klang
jammervolles Maunzen von der Badtür an unser Ohr. Natürlich sprang sofort jemand herbei,
aus Angst, es könnte unserem vierbeinigen
Mitbewohner auf der Stelle alles ins kleine Plu-
derhöschen laufen. War die Tür jedoch geöffnet,
ging der Schelm mit erhobenem Haupt davon,
ohne auch nur den kleinsten Blick durch die
offene Tür zu werfen. Wir sollten wohl doch
über eine andere Lösung als den menschlichen
Türöffner nachdenken. Wer wusste schon, welche Ideen am Ende noch in dem pelzigen Köpfchen herumspukten, um unsere Unterwürfig-
keit zu testen. Unversehens war man zum
Butler eines halbwüchsigen Vierbeiners mutiert.
Dem sollten wir schleunigst entgegenwirken.
Die Lösung war so einfach. Die Badtür blieb
einfach ab sofort einen kleinen Spalt breit offen.
Wozu schließlich gab es Türstopper oder Zug-
lufttiere?

Wenn es weihnachtet

Wie alljährlich stand auch in dem Jahr, in dem
unser neuer pelziger Mitbewohner bei uns ein-

gezogen war, plötzlich und unerwartet Weihnachten vor der Tür. Wie schnell war doch die Zeit vergangen. Hatten wir nicht eben noch darüber diskutiert, was es mit einer neuen Katze im Hause alles zu bedenken geben würde? Und nun wohnte dieser freche Springinsfeld schon länger als ein halbes Jahr bei uns und hatte während dieser Zeit für mehr als genug Aufregung gesorgt. Wir waren gespannt, wie das Weihnachtsfest mit unserem Jungspund verlaufen würde.

Der Vormittag vom Heiligabend war, wie alljährlich üblich, auch dieses Mal dem Aufstellen und Schmücken des Weihnachtsbaumes zugedacht.

Als unsere jüngste Tochter und ich mich ans Werk machten, war von unserem Kater weit und breit nichts zu sehen. Sicher schlief er tief und fest in einem gemütlichen Eckchen. Gut so, konnten wir uns doch so in aller Ruhe dem Baum widmen, ohne Gefahr laufen zu müssen, dass uns ein flinkes kleines Pelztier dauernd die Weihnachtskugeln stahl. Und so sah unser Baum auch bald richtig hübsch aus. Die Kugeln waren gut verteilt, auch verschiedene Glöckchen und kleines Holzspielzeug hatten am Baum Platz gefunden. Kerzen und Lametta gaben ihm schließlich den letzten Schick. Stolz schauten wir auf unser Kunstwerk.

Doch nicht nur wir Menschen sahen in diesem Moment voller Bewunderung auf den Baum im Festtagskleid. Neben uns saß plötzlich, wie aus dem Nichts aufgetaucht, unser pelziger Mitbewohner und blickte mit großen schwarzen Kulleraugen auf den bunt glitzernden Weihnachtsbaum. Nach einer Weile atemlosen Staunens erhob er sich und trippelte etwas näher heran an dieses neue seltsame Teil in unserem Wohnzimmer. Was war das nur für ein merkwürdiges Gebilde? Roch es nicht eher nach Wald als nach einem Wohnzimmermöbel? Er schnüffelte und schnüffelte und rückte Stück für Stück näher an den Baum heran, stupste schließlich eine goldene Kugel an und gleich daneben ein silbernes Glöckchen. Das Glöckchen gab, als die Katzennase es berührte, ein leises Kling von sich. Überrascht blickte unser Kater auf das sprechende silberne Ding im Baum.

Wir Baumgestalter standen, ganz entzückt über unseren staunenden Vierbeiner, da und lächelten still in uns hinein. Sah es nicht total niedlich aus, wie sich Pooky über den Baum wunderte?

Doch dann war plötzlich der Moment des Staunens vorüber. Unser Kater hatte offensichtlich den Baum auf einmal als das erkannt, was er wirklich war – als Baum, wenn auch als einen von etwas ungewöhnlichem Aussehen. Aber Bäume kannte er nun wirklich mehr als gut aus dem Park hinter unserem Haus. Sie waren seit seinem ersten Kletterausflug immer mehr zur großen Leidenschaft geworden. Seine Begeisterung für Bäume kannte nahezu keine Grenzen. Immer wieder erklomm er sie bis hinauf in ungeahnte Höhen.

Dass auch unser Weihnachtsbaum seine Kletterlust entfachen könnte, hatten wir allerdings nicht erwartet. Wir rechneten eher damit, dass ihn die vielen bunten Kugeln und Glöckchen faszinieren und seinen Spieltrieb anregen würden. Ganz falschgelegen hatten wir mit dieser Vermutung zwar nicht, doch vorerst drängelte sich bei unserem Kater der Klettertrieb in den Vordergrund. Ruckzuck war unser Plüschlöwe unter dem Baum verschwunden, und bevor überhaupt noch einer von uns beiden reagieren konnte, hatte er den dünnen Stamm umklammert und sauste flink wie ein Eichhörnchen im Geäst empor. Die Glöckchen klimperten, Kugeln und Holzspielzeug wackelten und zappelten im Klettertakt des Katers. Die ersten Kerzen sausten zu Boden und unser ganzer Stolz, die schicke silberne Baumspitze, stellte sich keck auf halb acht und drohte mit dem Absprung. Je höher unser Stubentiger flitzte, umso bedenklicher begann der Baum zu schwanken. Es klingelte und klimperte wie wild, und genau das schien den Kletterer noch anzufeuern, schneller, weiter und höher zu steigen.

All das war in Sekundenschnelle geschehen und es machte uns beiden Menschen für einen Moment lang sprach- und regungslos. Ich löste mich wohl als erste aus dieser Starre. Mir wurde bewusst, dass der Baum im nächsten Moment samt Kater umzufallen drohte. Beherzt griff ich in den Baum, um den Kater rauszupflücken. Doch der verteidigte den Baum wie ein Lieblingsfutter und ließ das neue Klettermöbel nicht los. Fast wären Kater und ich, wie schon zuvor die Kerzen, zu Boden gegangen und unter dem Baum begraben worden, hätte nicht unsere Tochter im letzten Moment unser Kunstwerk von einem Baum ergriffen und festgehalten. Reaktionsschnell hatte sie nebenher sogar noch die sprungbereite Baumspitze vor dem Sturz in die Tiefe gerettet.

Aber mit all dem war es noch immer nicht getan. Wir brauchten weitere helfende Hände. Wie auf Kommando riefen wir beide um Hilfe, in der Hoffnung, vom Rest der Familie gehört zu werden. Gewöhnlich ist aber gerade dann, wenn man dringend Hilfe benötigt, keiner da, auch wenn die Wohnung noch so klein und hellhörig ist und der Hilfeschrei selbst drei Häuser weiter noch zu hören sein müsste. Plötzlich sind alle auf sonderbare Weise taub. Wir brauchten aber dringend einen weiteren Helfer, einen, der die fest mit dem Baum verschweißten Pfoten des Katers lösen musste.

Endlich ging im gefühlten Zeitlupentempo die Tür auf und der Herr des Hauses fragte, warum wir so entsetzlich brüllen würden. Doch dann erfasste er die Situation recht schnell, und es gelang uns mit vereinten Kräften, Kater und Baum voneinander zu trennen.

Nach diesem aufregenden Abenteuer durfte das pelzige Ungeheuer nur noch unter strengster Aufsicht ins Wohnzimmer. Beim geringsten Versuch, erneut den Weihnachtsbaum kletternd bezwingen zu wollen, wurde der Vierbeiner ausgesperrt. Irgendwann hatte er aber begriffen, dass der Baum nicht als Klettermöbel für ihn gedacht war. Zumindest in dieser Hinsicht hatten wir von da an Ruhe. Nur Kugeln, Glöckchen und das kleine Holzspielzeug müssen einfach zu verlockend gewesen sein. Das Glitzern, Blinken und Zappeln zog ihn magisch an. Er konnte einfach nicht davon ablassen. Immer wieder stahl er etwas davon vom Baum und verstreute die einzelnen Teile im Zimmer. Lametta ging seit diesem Weihnachtsfest gar nicht mehr. Pooky liebte es über alles, aber er dekorierte damit nicht nur die gesamte Wohnung, er bemühte sich auch immer wieder, es zu fressen. Das konnten wir natürlich nicht zulassen, wenn uns das Leben dieses kleinen Schlawiners lieb war. Lametta ist von da an für immer und alle Zeiten von unseren Weihnachtsbäumen verbannt worden. Erstaunlicherweise vermissten wir es auch bald nicht mehr.

Die neue Höhle

Durch eine Fügung des Schicksals kamen wir kurz nach der Wende zu einer größeren Wohnung. Bis dahin mussten sich unsere drei Kinder ein Zimmer teilen. Mit dem neuen Zuhause aber würde endlich jeder von ihnen ein Zimmer ganz für sich allein haben können.

Wir hatten uns bereits mit der kleinen Wohnung, die wir bis dahin bewohnten, glücklich geschätzt, zeichnete sie doch eine fantastische

Lage aus. Vorn hatten wir einen herrlichen Blick auf viel Sand und Meer ohne Ende, hinter dem Haus gab es einen kleinen Garten und dahinter wiederum einen großen Park mit altem Baumbestand – ein idealer Spielplatz für die Kinder. Im Winter hatten wir Ruhe und nahezu Abgeschiedenheit pur. Im Sommer war eher das Gegenteil der Fall, da sich dann alle Welt genau vor unserer Haustür zu versammeln schien. Aber diesen sommerlichen Trubel hielten wir tapfer aus, würden wir doch bald wieder Sandstrand und Meer für uns allein haben. Wir wohnten damals genau dort, wo andere im Sommer gern Urlaub machen. Uns trennten nur wenige Schritte vom Ostseestrand.

So waren wir überaus glücklich, als der Zufall uns quasi über Nacht nicht nur eine größere Wohnung bescherte, sondern sogar eine, die nur wenige Häuser entfernt vom gegenwärtigen Zuhause lag – in derselben Straße.

Bereits die Tatsache, dass wir eine kleine Drei-Raum-Wohnung direkt am Meer einige Jahre zuvor beziehen konnten, grenzte fast an ein Wunder. Wohnungen so nah an der See waren schon immer rar. Dass wir nun sogar zweimal im Leben ein solches Glück haben sollten, konnten wir kaum fassen. Wir würden mehr Wohnraum zur Verfügung haben und könnten sogar noch an unserer geliebten Ostsee bleiben. Wir würden uns auch weiterhin den Seewind um die Ohren wehen lassen können. Zugegeben, einiges an dieser Wohnlage ärgerte uns manchmal sogar ein wenig. Beispielsweise, wenn wir im Sommer nach getaner Arbeit keinen Parkplatz vor unserem Haus fanden, da sich andere noch am Strand sonnten und somit auch noch sämtliche Parkplätze vor unserem Haus belegten. So nah an einem Badestrand zu wohnen, hat eben nicht nur Vorteile.

Auch die ewig und immer herumschwirrenden Sandkörnchen, die den Autolack stumpf machten, und die sich durch jeden winzigen Fenster- und Türspalt ins Haus und in die kleinste Dielenritze schlichen, empfand ich mitunter als recht nervend. Doch wenn man das auf einmal nicht mehr hat, erst dann weiß man, dass all das eigentlich kein Ärgernis war. Es gehörte einfach zu unserem Leben am Meer dazu.

Wie schön war es auf der anderen Seite, wenn der Sturm die See aufpeitschte und man zu jeder Tages- und Nachtzeit diesem fantastischen Naturschauspiel hautnah beiwohnen konnte. Nur wenige Schritte über die Straße und schon begann das Abenteuer.

Und wie schön war es, wenn man im Sommer abends nach der Arbeit noch einmal hinüber zum Strand huschen konnte - dann, wenn alle anderen bereits wieder zuhause oder in ihren Urlaubsquartieren waren. Wir konnten schnell noch im letzten Abendlicht in das salzige Nass eintauchen und die Anstrengungen eines langen Arbeitstages vom Meer fortspülen lassen.

Doch vorerst hatten wir keinen Grund, sentimental zu werden – im Gegenteil. Wir freuten uns auf unser neues Zuhause und konnten es kaum erwarten, nach dorthin umzuziehen. Zu unserem Leidwesen gab es jedoch noch jede Menge Sanierungsbedarf, sodass der Umzug noch lange auf sich warten ließ.

An einem kalten Februartag ging es dann endlich los. Wir konnten umziehen. Der Winter war uns dabei ein erstaunlich guter Umzugspartner. Er hatte kurz zuvor Schnee auf Straßen und Wege geschüttet. Mit seiner Hilfe konnten wir einen Teil unseres Umzugs sogar mit dem Schlitten bewältigen. Nur ich selbst war ein eher schlechter Umzugspartner. Mich hatte genau zum geplanten Umzug eine Grippe niedergestreckt, sodass von meiner Seite kaum Hilfe möglich war. Unser Sohn packte dafür umso kräftiger mit an. So schafften wir trotz meines ungewollten Streiks alles termingemäß.

Kater Pooky zog natürlich mit uns um. Was er wohl gedacht haben mag, als wir ihn ein Stückchen spazieren trugen und ihn erst wieder in einer ganz fremd riechenden Wohnung absetzten? Dann herrschte dort auch noch ein gewaltiges Chaos. Doch gerade dieses unübersichtliche Durcheinander schien unserem Kater gut zu gefallen. Es gab so viele neue Versteck- und Klettermöglichkeiten. Für ihn muss es das Abenteuer pur gewesen sein.

*

Aus seiner Katersicht könnte dieses neue Heim durchaus eine Verbesserung werden. Doch all die anderen Neuerungen, die damit einhergingen, glichen eher kleinen bösartigen Gemeinheiten, wie sie sich nur Menschen ausdenken konnten. Zunächst einmal dieser Hausarrest. Hätte man ihn nicht vorher darüber aufklären können, dass in dem neuen Zuhause vorläufiger Hausarrest drohte? Zumindest hätte man ihn vor die Wahl stellen können, ob er lieber im alten Zuhause mit ungehindertem Freigang bleiben oder aber in die größere Wohnhöhle ohne Freigang umziehen wollte. Hatte er nicht genauso ein Mitspracherecht wie seine Menschen? Vielleicht hätte er sich trotzdem für das größere Zuhause entschieden, weil er ganz einfach bei seiner Familie sein wollte. Ein bisschen enttäuscht war er schon von seinen menschlichen Mitbewohnern, dass sie ihm so gar kein Mitspracherecht zugestanden. Gut, das mit dem Hausarrest war nach einigen Tagen erledigt. Es fiel ihm sogar leichter, als gedacht, diese Zeit der Ausgangssperre durchzustehen. In der neuen Wohnhöhle gab es so unendlich viel Neues zu entdecken. Dabei war ihm ganz entfallen, dass es auch noch ein Draußen gab.

So viele neue Liege- und Ruheplätze mussten erforscht und erprobt werden und all die Fensterplätze. Seine Menschenfrau verstand sogar, dass sich ihr Grünzeugs seinen Kater-Bedürfnissen unterzuordnen hatte. Erstaunlich schnell hatte sie erkannt, wo ein Deckchen für ihn liegen musste und wo ihre Pflanzen stehen durften.

Schließlich war alles perfekt hergerichtet, sodass, als er so von einem der neuen Fensterplätze aus nach draußen in die winterliche Landschaft blickte, doch tatsächlich Sehnsucht nach einem kleinen Spaziergang an der frischen Luft in ihm erwachte. Seine menschlichen Mitbewohner schienen genau das auch zu spüren. Kein Wunder, schließlich hatte er fleißig an ihrer Erziehung gearbeitet. Den Gedanken an einen Ausgang hatte er noch gar nicht richtig zu Ende gebracht, da sprang die Tür bereits auf und die Freiheit lachte ihm entgegen.

Aber was war das nun schon wieder? War er nicht längst ein Kater, der ein selbstbestimmtes Leben führte? Was sollte dieser erneute Leinenzwang? Was plapperten seine Menschen da? Sie befürchteten, er könne wieder zur alten Wohnung zurücklaufen und die neuen Mieter belästigen, sich gar bei ihnen durch ein offenes Fenster einschleichen? Was dachten sie nur von ihm? Aber interessant war ihr Gedankengang schon. Scheinbar war es zu dem alten Zuhause gar nicht so weit, wie es ihm vorgekommen war, als sie ihn von dort zur neuen Wohnhöhle getragen hatten. Ob die Furcht vor dem Neuen, dem Ungewissen, den Weg hatte einfach viel länger erscheinen lassen, als er in Wirklichkeit war? Er würde das in seinem pelzigen Hinterkopf behalten. Vielleicht könnte er irgendwann später einmal auf Erkundung gehen. Zunächst aber musste er wohl die Leine erdulden, denn scheinbar ging vorerst nichts ohne diese Gemeinheit. Ob er bei guter Führung dieses Ding schnell wieder loswerden würde?

*

Der Garten der Erinnerungen

Als wir Menschen glaubten, dass sich der Umzug auch im Kopf unseres Katers vollzogen hatte, durfte er seine Erkundungsgänge auch wieder ohne Leine unternehmen. Eine Weile klappte das sogar perfekt. Unser Kater war immer nur kurz außer Sichtweite und tauchte gewöhnlich schnell wieder auf, um zu schauen, ob wir auch alle noch da waren.

Eines Tages aber war er doch über längere Zeit verschwunden. Es war schon recht ungewöhnlich, als er nach zwei Stunden Abwesenheit immer noch nicht wieder aufgetaucht war. Als stets hungriger Bursche sollte doch derweil sein Magen unüberhörbar laut knurren. Musste ich mir jetzt etwa schon wieder Sorgen um ihn machen? Würde denn jemand eine fast schon erwachsene Katze noch einfach so mitnehmen? Eher unwahrscheinlich, oder? Bei einem Katzenkind durchaus vorstellbar, wie wir selbst nur zu genau wussten. Vor einer erwachsenen Katze hätte ich zumindest doch ziemlichen Respekt. Ich würde mich nicht getrauen, sie mir unter den Arm zu klemmen und einfach mitzunehmen. Man müsste doch auf Gegenwehr gefasst sein.

Vielleicht aber sollte ich mich, bevor ich ganz in Panik verfiel, erst einmal gezielt auf die Suche machen. Das erste anzupeilende Ziel könnte unsere ehemalige Wohnung sein. Vielleicht war unser Vierbeiner dieses Mal doch etwas weiter gelaufen und hatte plötzlich bekanntes Terrain entdeckt und sich dort in fröhlicher Wiedersehensfreude nun häuslich niedergelassen.

Also machte ich mich auf den Weg und lief unsere Straße zurück bis zu dem Haus, in dem wir etliche schöne Jahre verbracht hatten. Ob sich unser Kater hier, in seinem ersten gemeinsamen Zuhause mit uns, irgendwo herumtrieb? Auf den ersten Blick sah ich nichts Vierbeiniges durch die Gegend schleichen. Vielleicht war er auf dem Hof oder hinten im Park. Ich öffnete die aus grün gestrichenen Holzlatten bestehende Pforte, betrat das Grundstück und fühlte mich sofort wieder heimisch. Ob es unserem Kater ebenso ergangen sein könnte? Hatte auch er beim Anblick all dessen, was ich gerade vor mir sah, ebenso wie ich dieses traute Gefühl in sich verspürt?

Mein Blick fiel zunächst nach rechts in den kleinen gepflegten Vorgarten, um den sich sicher noch immer unsere ehemalige alte Nachbarin kümmerte. Obwohl der Frühling noch nicht einmal richtig begonnen hatte und kaum Grün zu sehen war, entging dem Betrachter nicht, dass sich hier jemand regelmäßig und mit viel Liebe einem kleinen Fleckchen Erde widmete.

Das Wasser des kleinen Springbrunnens in der Mitte des Gärtchens funkelte im Sonnenlicht. Ein tanzender Wasserstrahl ließ fröhlich klingende Plätschergeräusche ertönen. Man hätte fast meinen können, auch er freue sich über den nahen Frühling.

So hübsch das Gärtchen auch anzuschauen war, was ich gehofft hatte, eigentlich in ihm zu finden, konnte ich nicht entdecken - einen Kater, der sich von den ersten wärmenden Strahlen der Frühlingssonne die pelzige Nase bescheinen ließ.

Ich ließ den Vorgarten hinter mir, blieb kurz an der Haustür stehen und entschied, nicht ins Haus zu gehen. Dort würde Pooky wohl nicht sein. Doch den Hof sollte ich durchaus noch ein wenig genauer unter die Lupe nehmen. Einige Schritte weiter und ich konnte um die Hausecke schauen. Mein Blick fiel nach rechts hinüber zu unserem ehemaligen Gärtchen. Aber auch dort war kein Kater zu entdecken. Sicherheitshalber ging ich noch die wenigen Schritte bis zum Gartenzaun vor und blieb vor der kleinen Gartentür neben unserem ehemaligen Schuppen stehen. Ich beugte mich über die niedrige Tür und schaute um die Schuppenecke herum, hinüber zu der Zaunlücke, die schon vielen Katzen als

Durchgang über unseren Garten in den dahinter liegenden Park gedient hatte. Die kleine Lücke im Zaun gab es tatsächlich immer noch und vermutlich auch den Katzenwechsel, der einfach zu ihr gehörte. Bei genauerem Hinschauen konnte ich den schmalen von Pfoten getretenen Pfad tatsächlich erkennen. Nach wie vor führte er dicht am Schuppen entlang und verschwand schließlich hinter der Zaunlücke im Park.

Wie schön, dass es Zaunlücke und Katzenwechsel noch gab. Sie erinnerten mich nicht nur an unseren Kater Schnups, seine schwarze Katzenmutti Minka und den dicken Fischkater, der oft durch unseren Garten schlich. Sie erinnerten mich auch an einen schwarzen Kater mit kleinem weißen Brustfleck, der mir oft beim Wäscheaufhängen auf dem Hof Gesellschaft geleistet hatte. Eines Tages war er einfach da, setzte sich einige Schritte von mir entfernt ins Gras und schaute zu, wie ich nach und nach meine Wäsche auf die Leine hängte. Von da an tauchte er fast jedes Mal auf, wenn ich mit meinem Wäschekorb auf dem Hof erschien, als hätte er bereits auf mich gewartet. Von Wäschetag zu Wäschetag rückte er näher zu mir heran und bald wagte er den ersten Versuch, mich vorsichtig anzustupsen. Wenig später strich er mir zaghaft um die Beine. Durfte ich das als Aufforderung

betrachten, ihn meinerseits mit ein paar Streicheleinheiten zu verwöhnen? Vorsichtig ging
ich vor ihm in die Hocke und streichelte sanft
einige Male über seinen seidig schimmernden
schwarzen Pelz. Er ließ es geschehen und be-
dankte sich mit einem leisen Schnurren dafür.
Konnte das etwa der Beginn einer langen
Freundschaft sein?

Mein neuer Freund forderte seine Streicheleinheiten von Mal zu Mal selbstbewusster ein.
Immer lebhafter und besitzergreifender strich er
um meine Beine. Mitunter war ich kaum in der
Lage, einen Schritt zu tun, ohne Gefahr zu laufen, über ihn zu stolpern. Natürlich verstand
ich, dass er nicht nur Streicheleinheiten wollte.
Einem leckeren Stückchen Wurst oder Käse
gegenüber war er nicht abgeneigt. Meistens
schlang er die Leckereien, die ich ihm bald regelmäßig zukommen ließ, ganz heißhungrig
hinunter. Ich hatte schnell den Verdacht, dass
ich es mit einem Streuner zu tun hatte, der sich
mich als diejenige ausgesucht hatte, die ihm ein
warmes und trockenes Zuhause und eine stets
gut gefüllte Futterschüssel bieten könnte. Mit
den Futtergaben lief es schon ganz gut, an dem
anderen würde er sicher weiterhin beharrlich
arbeiten. Vermutlich hätte er sein Ziel auch er-

reicht, wenn ihm nicht eines Tages ein Unheil zugestoßen wäre.

Schon mehrere Male hatte ich Wäsche auf dem Hof zum Trocknen aufgehängt, ohne dass mir der schwarze Kater mit dem weißen Tupfer auf der Brust dabei Gesellschaft geleistet hatte. Bei drei Kindern fiel fast täglich Wäsche für die Waschmaschine an, und in der warmen Jahreszeit ließ ich sie gern draußen an der Luft trocknen. Den herrlich frischen Duft im Freien getrockneter Wäsche fand ich schon immer einfach umwerfend. An der See roch sie nicht nur nach Wind, Sonne und Sommer, sie verströmte auch einen leichten Hauch von Meeresduft, den ich immer ganz besonders mochte.

Wieder einmal stand ich auf dem Hof, dieses Mal vor der bereits getrockneten Wäsche. Während ich meine Meeresduftwäsche von der Leine nahm, wanderten meine Gedanken zum wiederholten Mal zu meinem schwarzen pelzigen Freund. Warum kam er nicht mehr? Ob er doch irgendwo ein richtiges Zuhause hatte und sich bei mir nur jeweils ein paar extra Bröckchen Futter hatte erschleichen wollen? Konnte es sein, dass sein Bauch neuerdings so gut gefüllt war, dass er es nicht mehr als notwendig erachtete, mich und meine Wäscheleine zu besuchen? Ich vermisste diesen vierbeinigen Burschen auf einmal. Scheinbar hatte ich mich schon mehr an ihn gewöhnt, als ich mir selbst eingestehen wollte.

Irgendwie hatte er inzwischen schon zu meiner Wäscheaufhängzeremonie dazugehört. Wie konnte er mir das antun und nicht mehr kommen? Wo mochte er plötzlich sein? Was mochte ihn abgehalten haben?

So sehr ich an den kommenden Tagen auch nach ihm Ausschau hielt, er kam einfach nicht mehr. Wenn ich es mir richtig überlegte, konnte ich mir eigentlich nicht vorstellen, dass er irgendwo ein festes Zuhause hatte. Dazu schien er mir manchmal doch ein wenig zu ausgehungert zu sein. Weitere Tage vergingen, ohne dass mein pelziger Freund wieder aufgetaucht wäre.

Eines Tages, ich kämpfte gerade erneut mit einem Wäscheberg und der Leine auf unserem Hof, hatte sich mein Mann an unserem Gartenzaun zu schaffen gemacht. Eine Verbindung zwischen Zaun und Schuppenwand, an der der Zaun verankert war, hatte sich gelöst und wartete auf eine Reparatur. Als sich mein handwerkelnder Mann durch das Buschwerk am Schuppen kämpfte, bemerkte er, dass etwas zu seinen Füßen lag, was dort nicht hingehörte. Er schob das Blattwerk ein wenig zur Seite und machte eine traurige Entdeckung. Gleich neben dem Katzenwechsel lag der von mir so vermisste schwarze Kater – tot, mit einer langen Wunde am Bauch, die wie ein tiefer Riss aussah.

Ob der arme Kerl bei einem Kampf mit einem anderen Kater verletzt worden war, und sich die Wunde am Ende so schlimm entzündet hatte, dass er daran sterben musste? Warum hatte er bei mir keine Hilfe gesucht? Vielleicht hätten wir ihn retten können. Ob das Vertrauen zu mir doch nicht so groß gewesen war? Aber vielleicht hatte er die Hilfe erst gesucht, als es eigentlich schon zu spät dafür war. Der Platz, den er sich zum Sterben ausgesucht hatte, könnte das fast vermuten lassen. Seltsam berührt stand ich vor dem leblosen schwarzen Pelzbündel. Wir würden wohl nie erfahren, was ihm passiert war.

Doch einen letzten Gefallen wollten wir ihm wenigstens jetzt noch tun. Wenig später standen mein Mann und ich im Park hinter unserem Haus und schaufelten ihm ein Grab. Warum nur musste unsere Freundschaft so schnell und vor allem so traurig enden?

Schon seltsam, welche Gedanken mir beim Betrachten der Zaunlücke und des schmalen Katzenwechsels auf einmal durch den Kopf gingen. Wie viele meiner Erinnerungen hingen mit dieser kleinen Zaunlücke und dem dazugehörenden Katzenwechsel zusammen? Erinnerungen an pelzige Vierbeiner, die irgendwann einmal mein Leben gekreuzt oder ihr Leben sogar eine Weile mit mir und meiner Familie geteilt hatten – schöne Erinnerungen, aber auch traurige, Erinnerungen, die aber wohl immer in meinem Gedächtnis haften bleiben werden.

Doch zurück zu unserem Pooky, den ich hier in diesem Garten der Erinnerungen eigentlich wiederzufinden hoffte. So sehr ich den Katzenwechsel auch anstarrte, im Moment wechselte der Gesuchte hier offensichtlich nicht. Enttäuscht drehte ich mich um, um durch den Park hinter den Häusern zurück zu unserem neuen Zuhause zu laufen. Vielleicht hatte ich im Park mehr Erfolg.

Und plötzlich saß er da, auf der kleinen Mauer, die dieses Grundstück von dem daneben trennte, auf der Mauer, die ich weniger gut in Erinnerung hatte. Genau dort hatte ich unseren Pooky im Sommer vor seiner damaligen Entführung das letzte Mal gesehen. Dieses Mal war die Mauer kein schlechtes Omen, dieses Mal war sie ein Glücksbringer. Ein Felsstein war mir gerade vom Herzen gefallen, als ich meinen pelzigen Mitbewohner auf der Mauer sitzen sah. Lächelnd ging ich hinüber zu dem grau-weißen Plüschlöwen.

Der schaute mich doch glatt so an, als wollte er sagen: „Da bist Du ja endlich. Ich warte schon sooo lange auf Dich."

Erleichtert und glücklich zugleich, ihn gefunden zu haben, streichelte ich ihm das flauschige Köpfchen.

„Hallo Pooky! Na, Du Ausreißer! Wie ist es, gehen wir nach Hause?"

Bei meinen Worten hüpfte er von der Mauer, sauste in den Park und den nächstbesten Baum hinauf. Ich folgte ihm in den Park. Als ich den Baum erreicht hatte, sprang der Ausreißer wieder hinunter und trippelte fröhlich neben mir her. Während ich auf direktem Weg zurück zu unserem neuen Zuhause lief, schlug sich der Kater lieber links und rechts vom Weg durch die Büsche. Der Weg war ihm wohl ein wenig zu übersichtlich und sicher auch nicht aufregend genug. Er trabte lieber im Gebüsch am Wegesrand neben mir her. Dann wieder frequentierte er im straffen Galopp den Weg, um anschließend auf der anderen Seite weiter durchs Unterholz zu rascheln. Das letzte Ende

bis zu unserem Haus rannte er sogar im ge-
streckten Galopp voraus. Der Schelm wusste
also sehr genau, wo er jetzt zuhause war.

Solche Heimholaktionen gab es noch etliche
Male. Manchmal sah ich ihn schon aus der Ferne vor dem Eingang des Hauses sitzen, in dem
wir einige Jahre unseres Lebens zugebracht hatten. Der Kater hatte dort allerdings nur wenige
Monate gewohnt. Für ihn muss es aber wohl
eine sehr prägende Zeit gewesen sein, denn es
zog ihn immer wieder an den Ort seiner Kindheit zurück. Wir konnten damit leben, wussten
wir doch nun, wo wir ihn finden würden, wenn
er wieder einmal etwas länger fort war. Er
musste wahrscheinlich auf seine eigene Weise
mit dem Umzug in sein neues Heim fertig werden.

Ich konnte ihn aber gut verstehen. Mir ist es
nicht nur einmal passiert, dass ich, obwohl wir
schon lange einige Häuser weiter wohnten,
nach einem anstrengenden Arbeitstag ganz in
Gedanken versunken die kleine Gartenpforte
öffnete, durch die ich viele Jahre gegangen war
und hinter der sich ein mir so liebes Zuhause
befunden hatte. Ich hoffte jedes Mal, dass mich
keiner dabei beobachtet hatte, als ich die falsche
Tür nahm. Es wäre mir sicher ein wenig pein-

lich gewesen. Eigentlich war ich doch noch gar nicht so alt, dass mir solche Dinge einfach so passierten. Aber, was mir peinlich war, schien Pooky so gar nicht unangenehm zu sein. Für ihn war es eher eine Selbstverständlichkeit, immer wieder einmal einen kleinen Abstecher in seine Vergangenheit und in die Zeit, als er quasi das Laufen erlernte, zu machen.

Irgendwann aber war dieses Kapitel auch für ihn abgeschlossen. Seine Ausflüge an die Plätze aus seinen Kindertagen wurden immer weniger und endeten schließlich ganz. Es ging ihm wohl wie mir, auch ich stoppte immer seltener an dieser Gartenpforte aus meiner Vergangenheit.

Das Blaue Wunder

Unser Umzug in die neue Wohnung brachte nicht nur für uns, sondern auch für unseren pelzigen Mitbewohner einige neue Annehmlichkeiten mit sich. Zunächst durfte er zwar seine neue Umgebung nur mit diesem bereits abgelegt geglaubten Anhängsel Leine am Halsband erkunden, doch dieser Leinenzwang war nicht von langer Dauer. Bald hatte Pooky seine gewohnte Freiheit zurück und sogar noch ein bisschen mehr als zuvor.

Wir wohnten im Erdgeschoss, und unser Badfenster war während der warmen Jahreszeit, so jemand zuhause war, tagsüber geöffnet. Pooky nutzte es schon bald als seinen ganz privaten Ein- und Ausgang. Waren wir alle unterwegs, hatte unser Kater allerdings Ausgehverbot. Wir wollten seine Freigänge durchaus ein wenig unter Kontrolle halten. Sobald aber jemand daheim war und das Badfenster geöffnet hatte, durfte Pooky die Welt draußen vor dem Fenster ganz nach seinem Belieben erkunden.

Zwischen unserem Bad und dem eigentlichen Wohnbereich gab es einen kleinen Flur, in dem wir unserem Kater ein Plätzchen für seine Katzentoilette und auf dem Fensterbrett einen gemütlichen Liegeplatz eingerichtet hatten. Für Pookys Bequemlichkeit leistete eine Obstkiste gute Dienste. Er liebte solche Kisten über alles und belegte sie sofort mit Beschlag, wenn wir vom Einkauf wieder einmal eine mitgebracht hatten. Die Tür zwischen Katers Zimmerchen und Bad war gewöhnlich einen kleinen Spalt breit geöffnet, sodass Pooky nach eigenem Ermessen seinen Freigang gestalten konnte.

Mit dem Umzug bekam er auch eine neue, vor allem größere, Sandkiste. Aus seiner Fotoschale war er nämlich längst rausgewachsen. Es war endlich an der Zeit, ihm zum neuen Heim auch gleich noch ein neues Katzenklo zu spendieren.

Pooky schien sein neues Trockenklo, ein meerblaues, vom ersten Tag an zu lieben und machte bereits eine Probesitzung, obwohl noch nicht einmal Streu eingefüllt war. Dann aber, nachdem die Streu wie zarte Musik hineingerieselt war, war unser Kater nicht mehr zu bremsen. Sofort kletterte er wieder hinein und scharrte und scharrte, als müsse er bis zum Mittelpunkt der Erde vordringen. Seine Begeisterung nahm überhaupt kein Ende, er buddelte wie noch nie zuvor in seinem Katerleben. Dann endlich schien seine Buddelei wunschgemäß ausgefallen zu sein. Er hockte sich in eine Ecke und saß für eine Weile, während er sein Geschäftchen erledigte, weltentrückt in seinem neuen meerblauen Katerklo.

Die Liebe zu seinem Blauen Wunder war so groß, dass er trotz aller Freigänge nach wie vor sein Trockenklo aufsuchte. Es schien, geradezu magisch nach ihm zu rufen. Obwohl Pooky draußen eine riesige Auswahl an abgelegenen stillen und heimlichen Örtchen hätte haben können, kam er lieber hinein zu seinem Blauen Wunder. Was waren schon Gottes freier Himmel und Frischluft gegen dieses himmlisch schöne Kistchen. Nicht selten kam er wie der Blitz von draußen hereingestürzt, schoss auf die neue Sandkiste und schaufelte wie wild darin umher. Mitunter muss es schon äußerst eilig gewesen sein. Aber kein Weg war ihm zu weit, keine Hürde zu hoch für eine Sitzung im blauen Rahmen. Sekundenbruchteile später wäre es wohl manchmal fast schon in die kleinen Pluderhosen getröpfelt. Aber er schaffte es immer noch im letzten Moment und hockte dann selig entrückt in seiner blauen Box und erledigte, was ein Kater eben erledigen muss.

Gefahr von oben

Dass das Leben draußen vor dem Badfenster weitaus gefährlicher war als in den warmen und gemütlichen vier Wänden unserer Wohnung, wurde unserem Plüschlöwen nicht nur einmal klargemacht. Seltsamerweise erklärten es ihm genau die Lebewesen, von denen er es am wenigsten erwartet hätte – von den scheinbar so harmlos dahin flatternden Vögeln. Diese gefiederten Gesellen waren für Pooky keine Feinde, sie gehörten eher ganz klar in sein Beuteschema. Er hatte ihnen aufzulauern und nicht sie ihm. Wie sich doch mitunter auch ein Kater irren kann.

Zu unserer neuen Wohnung gehörte zwar kein Garten, dafür aber eine auf der Südseite des Hauses gelegene Terrasse, die von einer niedrigen Mauer umgeben war. Schräg gegenüber der Terrasse standen mehrere Geräteschuppen, die von den Bewohnern unseres Mehrfamilienhauses als Holz- oder Fahrradschuppen genutzt wurden. Auf unsere Terrasse gelangte man über Pookys kleines Zimmer neben unserem Bad. Wie bereits erwähnt, nutzte unser Kater für seine Freigänge fast ausschließlich das offene Badfenster. Vom Bad aus konnte man nicht nur auf die Terrasse schauen, Pooky konnte vom Fenstersims aus auch mit einem Satz auf die kleine Mauer springen, von der die Terrasse umgeben war. Von der Mauer aus wiederum gelangte er mit einem weiteren Sprung auf das Dach des Schuppens, der am dichtesten an unserer Terrasse stand.

Ein solches Schuppendach muss mit Katzenaugen betrachtet eine tolle Sache sein. Unser Kater jedenfalls liebte den Platz dort oben über alles.

Er nutzte ihn nicht nur als Sonnen- und Ruhe-platz, ihn begeisterte offensichtlich auch die perfekte Rundumsicht, die sich ihm von dort oben aus bot. Er konnte nicht nur unseren Hof überblicken, auch den des Nachbarhauses hatte er bestens im Blick. Besonders muss ihm aber gefallen haben, dass er von seinem Hochsitz aus hinein in den an unser Grundstück grenzenden Park schauen konnte. So manchen Hund, der mit seinem Besitzer im Park eine Gassirunde drehte, ärgerte er gern einmal von seinem Hochsitz aus. Überheblich schritt er dann auf der Dachkante des nahe am Park liegenden Schuppens hin und her, putzte sich gelangweilt Pfoten, Gesicht und Ohren, während unten der Hund an der Leine zerrte und wegen des uner-reichbaren Dachhasens ein wildes und wüten-des Gebell hören ließ. Dort, hoch oben über den Dächern von Schuppenhausen, fühlte sich unser Kater sicher. Das ließ er gern auch die Hunde mehr als deutlich spüren.

*

Dort oben konnte ihm, dem Kater, nichts, aber auch gar nichts passieren. Nicht einmal seine Menschen konnten ihn dort einfangen, wie er inzwischen mehr als gut wusste. Mitunter gaben sie ihm nämlich zu verstehen, dass sie dringend wegmüssten und er deshalb ins Haus kommen sollte. Sie plapperten et-

was von Einkauf und ähnlichen Dingen. Was aber hatte das mit ihm zu tun? Welcher Unsinn! Er ging ins Haus, wann er es wollte und nicht auf irgendeinen Befehl hin.

Meistens ahnte er schon im Vorhinein, dass seine Menschen einen Ausflug planten. Geschwind saß er in einem solchen Falle auf einem der Schuppendächer und schaute gelangweilt zu dem mit der Futterdose klappernden Menschen hinüber. Auf die Sache mit der Futterdose war er hereingefallen, als er noch ein dummer kleiner Kater war. Darüber war er längst hinaus.

Meistens gingen seine Menschen am Ende trotzdem fort. Auf den Schuppen waren sie bisher nie gestiegen, um ihn einzufangen und ins Haus zu sperren. Dumm war nur, wenn sie weggingen, dass sie dann auch immer sein Fenster schlossen und er von seinem geliebten Blauen Wunder ausgesperrt war. Das war manchmal schon arg knapp geworden. Bisher waren sie aber immer gerade noch im allerletzten Moment wieder aufgetaucht und hatten ihn vor einem peinlichen Malheur bewahrt.

*

Die Schuppendächer waren nicht nur hunde- und menschensicher, sie waren für Pooky auch eine angenehme Abkürzung, um auf die über alles geliebten Bäume zu klettern. Einige von ihnen standen ganz nah neben dem Schuppen, der direkt an den Park grenzte. Von dort aus unternahm unser Kater gern so manche Kletterpartie. Die Einzigen, die mitunter mit ihm schimpften, waren die Eichhörnchen. Doch eines Tages passierte etwas Seltsames.

Pooky war wieder einmal vom Schuppendach aus auf einer seiner Klettertouren hinauf auf einen Baum unterwegs, als plötzlich ein riesiger schwarzer Schatten hinter ihm auftauchte.

*

Was war das denn eben gewesen? Hatte gerade jemand die Sonne ausgeknipst? Erschrocken blickte er sich um. Da, schon wieder stürzte der Schatten auf ihn zu, jetzt sogar mit wildem Gekrächze.

Verdutzt und einigermaßen verunsichert krallte er sich in die Baumrinde. Ob er lieber wieder hinuntersteigen sollte? Vielleicht würde der Schatten dann von ihm ablassen. Vorsichtig rutschte er Stück für Stück den Baum hinab. Doch der schwarze Schatten ließ einfach nicht von ihm ab. Was sollte das?

Endlich war das Schuppendach auf erreichbare Entfernung herangerückt. Kraftvoll stieß er sich vom Baum ab und landete in einem eleganten Sprung auf dem rettenden Dach. Doch dass das Schuppendach seine Rettung wäre, war ein glatter Irrglaube. Kaum war er auf seinen vier Pfoten gelandet, stürzte sich das schwarze Monster erneut auf ihn. Wie ein Kamikazeflieger sauste es auf ihn zu.

Entsetzt hörte er das Flügelrauschen hinter sich und schon spürte er den Flügelschlag des Monsters in seinem Nacken. Voller Panik drückte er sich flach wie eine Flunder auf das Pappdach. Würde jetzt gleich seine letzte Stunde geschlagen haben? Warum rettete ihn denn keiner? Was stand seine Menschenfrau da so dumm herum und schaute fasziniert zu, wie ein fliegendes Monster nach seinem Leben griff?

Mit einem Zischen sauste der schwarze Drachen über ihn hinweg, wendete in einem waghalsigen Flugmanöver und setzte erneut zum Angriff auf ihn an. Fast auf dem Bauch rutschend kroch er weiter über das Dach, das ihm sonst als der Gipfel der Sicherheit erschienen war. Was war nur plötzlich passiert? Er begriff gerade gar nichts mehr. Er wollte nur noch runter, runter von diesem blöden Dach, weg von dem mordlustigen Untier.

Endlich hatte er die Dachkante des Schuppens erreicht. Mit einem todesmutigen Sprung setzte er hinüber auf die Mauer, eilte in rasanten Sprüngen auf das rettende Badfenster zu, noch ein letzter Satz und er saß auf dem Fenstersims. Doch das Monster hinter ihm wollte immer noch nicht von ihm ablassen. Entsetzt schaute er dem schwarzen Schatten entgegen, der ungebremst auf ihn zu- und gleichzeitig mit ihm durch das offene Badfenster schoss.

Im Augenwinkel sah er noch, bevor er sich gehetzt durch den Türschlitz in sein rettendes Zimmerchen zwängte, dass der dunkle Schatten erstaunlich gut einer schwarzen Krähe glich.

*

Das gefährliche Monster, tatsächlich eine Krähe, sauste Sekundenbruchteile später wieder aus dem Bad heraus, kreiste noch einige Male mit laut krächzendem Geschrei über den Schuppendächern und zog nach einer letzten Siegesrunde hoch hinauf in den Baum, den Pooky gerade so fluchtartig verlassen hatte.

Wenn man genau hinschaute, konnte man ganz oben im Geäst ein Gebilde erkennen, das wie ein Nest aussah. Beeindruckt hatte ich dem aufregenden Schauspiel beigewohnt und blickte nun der Krähe hinterher. Ich staunte nicht schlecht darüber, wie kämpferisch und mutig eine Vogelmutter sein kann, wenn sie ihre Kinder in Gefahr sieht.

Pooky mied eine ganze Weile nicht nur diesen Baum, in dem neuerdings schwarze Krähenmonster hausten, er mied auch längere Zeit die geliebten Schuppendächer.

Der getaufte Sessel

Seit Kurzem umwehte unseren Plüschlöwen ein spezieller Duft - nicht stark, aber merkbar. Ob er sich mit fremden Katerduftstoffen parfümiert hatte oder produzierte er diese Duftnote neuerdings selbst? Manchmal bemerkte ich den Duft, dann wieder nicht. Mitunter hatte ich sogar Zweifel, ob mich meine Nase nicht täuschte.

Als aber auch die anderen Familienmitglieder fragten, ob mir die neue Duftnote unseres Vierbeiners schon aufgefallen wäre, war klar, ich hatte mich nicht getäuscht. Aus unserem Katerchen war ein richtiger Kater geworden. Auch wenn man es meistens nicht wahrhaben will, irgendwann ist auch das kleinste und süßeste aller Kätzchen seinen pelzigen Kinderschuhchen entwachsen.

Da hatten wir nun wohl ein Problem, das möglichst bald gelöst werden sollte, schließlich wollten wir auch weiterhin mit unserem Pelzträger zusammenleben. Aber ein Heim, in dem ständig ein strenger Katerduft wehte, das mochte sich keiner von uns Menschen vorstellen. Unser Plüschlöwe musste wohl oder übel entkatert werden.

Ein Termin bei der Tierärztin unseres Vertrauens war schnell gemacht. Als ich mich ein paar Tage später mit einem schlotternden pelzigen Angstbündel auf den Weg in die Tierarztpraxis machte, war ich mit ziemlich schlechtem Gewissen ins Auto gestiegen. Schließlich drückten wir dem Kater etwas auf, was er selbst sicher so gar nicht wollte. Weder war er gefragt worden, noch hatte er dagegen protestieren können.

Die Tierärztin sah das alles viel entspannter als ich. Es wäre doch nur ein winziger Eingriff und schon hätten wir einen zufriedenen und jederzeit unaufgeregten Kater. Ich solle das mal von der positiven Seite sehen. Augenzwinkernd fügte sie hinzu, dass wir damit andererseits auch jede Menge Alimente sparen würden. Wenn das überhaupt ein Trost war, so doch nur ein recht schwacher, und lachen konnte ich auch gerade nicht darüber.

Schweren Herzens ließ ich ein zitterndes und jammervoll maunzendes Katertier in der Tierarztpraxis zurück. Ich fühlte mich dabei so, als würde ich gleich selbst vor dem Henker stehen. Ganz allein hatte ich den armen Kerl mit seiner Furcht gelassen - bei einer Tierärztin, die er von vorherigen Besuchen eh nicht in guter Erinnerung hatte.

*

Er ahnte Schlimmes, als er allein in der Praxis zurückbleiben musste. Was war das denn jetzt? Warum ging seine Menschenfrau ohne ihn wieder zur Tür hinaus? Wie konnte sie ihn ganz allein bei dieser furchteinflößenden Person im weißen Kittel zurücklassen? Wollte seine Familie ihn etwa gar nicht mehr? Was hatte er getan, dass er eine solche Strafe verdiente? Seine Menschenfrau musste doch wissen, wie sehr er die Weißkittelfrau fürchtete. Denn kaum saß er jeweils auf dem kalten Metalltisch vor ihr, begann sie, an ihm herumzudrücken, ihn zu drehen und zu wenden, seinen Schwanz zu heben und interessiert sein Hinterteil zu betrachten. Sie kannte keinerlei Skrupel. Ins Maul musste sie ihm auch jedes Mal sehen. Wollte sie nach seiner letzten Mahlzeit Ausschau halten oder was sollte das? Das Schlimmste war immer, wenn sie sich zu ihm hinunterbeugte, unterhalb seiner Augen herumzupfte und ihm dabei ganz tief in die Augen hineinblickte. Welche Katze mag denn so etwas? Ihm lief jedes Mal ein kalter Schauer über den Rücken. Doch damit war die Tortur durch die Weißkittelfrau noch längst nicht zu Ende. Das Entsetzlichste war jeweils die riesige Nadel, mit der sie nicht nur einmal auf ihn eingestochen hatte. Da war er dann schon immer fast der Ohnmacht nahe. Wer weiß, was ihm dieses Mal

117

drohte, das nicht einmal seine Menschenfrau mit ansehen konnte.

*

Wieder zuhause, tigerte ich unruhig in der Wohnung hin und her. Ich machte mir ernsthaft Sorgen um mein Katerchen. Hoffentlich würde der arme Kerl alles gut überstehen. Dass die Tierärztin einen solchen Eingriff sicher nicht das erste Mal durchführte, tröstete mich wenig. Ob es bei solchen Operationen schon Todesfälle gegeben hatte?

Was dachte ich da nur für einen Unsinn? Für einen Tierarzt war eine derartige Sache sicher eine der leichtesten Übungen. Dieser Glaube ließ mich dennoch nicht ruhiger werden. Die Minuten vergingen wie Stunden.

Dann endlich war die Wartezeit überstanden, und ich durfte unseren Plüschlöwen abholen. Die Tierärztin legte mir ein noch schlafendes Pelzbündel in den Arm und bat mich, darauf zu achten, dass der Patient, solange er noch schlief, nicht auf der Nase liegen würde. Konnte er etwa noch so ganz aus Versehen im Tiefschlaf ersticken? Nicht minder aufgeregt als zuvor, fuhr ich mit meiner schlafenden Fracht heim. An jeder Ampel schaute ich angstvoll in das Körbchen neben mir. War der Patient etwa

schon erstickt? Am liebsten hätte ich im Sekun-
dentakt schauen wollen, wie Pookys Wohlbe-
finden war. Doch während ich mein Auto durch
den Straßenverkehr lenkte, war das schlecht
möglich. Wenn unser Kater auch sonst herzzerreißend maunzte, sobald eine Fahrt zum Tierarzt oder von dort zurück anstand, jetzt
herrschte unangenehme Stille im Transportkorb. Was hätte ich drum gegeben, sein den
letzten Nerv tötendes Gejammer zu hören. Aber
nichts da, er schwieg.

Endlich hatten wir wohlbehalten unser Zuhause
erreicht. Das Katertier schlief immer noch tief
und fest. Vorsichtig, als könne ich sonst den
Tiefschläfer wecken, hob ich den Korb aus dem
Auto und trug ihn hinein in unsere Wohnung.

Die Tierärztin hatte mir noch geraten, ihn zuhause auf eine wasserdichte Unterlage zu legen,
damit kein Malheur passieren würde, sollte er
unter Einwirkung der Restnarkose im Schlaf
seine Blase entleeren. Also konnte ich ihn nicht
im Transportkorb belassen, denn der bestand
nur aus reinem Korbgeflecht. Das würde im
Falle der Fälle absolut nicht dichthalten. Da
unser Kater es aber dennoch gemütlich haben
sollte, richtete ich ihm ein Plätzchen auf einem
unserer Sessel im Wohnzimmer ein. Zuunterst

legte ich eine Plastikfolie, die im Bedarfsfall das Schlimmste verhindern sollte. Auf die Folie kam eine alte Decke und darauf wiederum unser geschundener Plüschlöwe. Natürlich achtete ich peinlich genau darauf, dass Pookys Nase frei lag, damit nicht noch im letzten Moment ein Unglück geschah, das ich mir nie hätte verzeihen können. Noch schlief der frisch Operierte so tief, dass ich mitunter schon glaubte, er würde gar nicht mehr atmen. Hoffentlich erwachte er bald. Erst dann wäre auch für mich dieser aufreibende Stress vorbei.

Ungeduldig lief ich vor dem Kater hin und her und wartete darauf, dass er endlich die Augen aufschlug.

Und dann war es soweit, der Patient kam langsam wieder zu sich. Noch recht müde blinzelte er ins Licht. Aus schmalen Schlitzaugen schaute er mich kurz an, dann klappten die Äuglein wieder zu, und der Kater schien erneut einzuschlummern. Doch wenig später klappten die Augen erneut auf, und das erwachende Pelzbündel räkelte und wendete sich. So ging es eine Weile hin und her.

Bei diesen Räkel- und Wendemanövern müssen sich Decke und Plastikfolie unter ihm verschoben haben. Als mir das auffiel und ich versuchte, alles wieder zu richten, war es bereits zu spät. Der Moment meines Handelns muss wie ein Startsignal gewirkt haben. Entsetzt merkte ich, dass meine Hand warm und nass wurde. Oh Schreck! Des Katers Blase entleerte sich gerade. Es lief und lief und lief schließlich auch überall dorthin, wo es absolut nicht hinlaufen sollte. Wo kam nur die ganze Flüssigkeit her? Nicht nur die Decke unterm Kater saugte sich voll, als wäre sie am Verdursten, auch der Sessel bemühte sich, es der Decke gleichzutun. Bereitwillig nahm er alles auf, was die Decke nicht mehr schaffte. Ein unbeschreiblicher Katerduft verbreitete sich in unserem Wohnzimmer. Was um Himmels willen konnte ich nur gegen diesen nicht enden wollenden Wasserfall tun? Inständig hoffte ich, dass nicht gerade jetzt ein Überraschungsbesuch an der Tür klingelte und Einlass begehrte.

Im ersten Moment hatte ich dem Ganzen nur fassungs- und hilflos zuschauen können. Als ich endlich aus meiner Starre erwachte, wurde mir klar, dass ich zunächst einmal den inzwischen halbwachen Kater würde umbetten müssen.

Das Bad fiel mir als bester und sicherster Ort dafür ein. Zugleich ärgerte ich mich darüber, das nicht von Anfang an in Erwägung gezogen zu haben. Dumm gelaufen. Aber ich wollte ja unbedingt, dass der arme Kerl es schön und gemütlich hatte. Andererseits, wer konnte schon ahnen, dass sich im Kater solche Massen von Urin angesammelt hatten, die er dann auch noch unkontrolliert von sich gab? Obwohl ..., eigentlich hatte die Tierärztin mich darauf hingewiesen, sonst hätte ich wahrscheinlich nicht einmal an eine Plastikfolie unter der Lagerstatt des Katers gedacht. Egal und zu spät. Das Kind war nun mal in den Brunnen gefallen. Ich konnte nur versuchen, zu retten, was noch zu retten war. Nur, eigentlich war nichts mehr zu retten.

Bei genauerer Schadensbetrachtung sah ich, dass ich fast noch Glück im Unglück hatte, die Sitzfläche vom Sessel war nämlich abnehmbar, eine Art Aufleger. Ich könnte sie also mit in die Dusche nehmen und mit Wasser und Seife behandeln. Wie viele Tage mochte es wohl dauern, bis das Sesselteil endlich wieder ganz trocken war? Und würde der Katergeruch überhaupt zu beseitigen sein? Würde eines dieser angeblichen Wundermittel, ein Antigeruchsmittel, das richten können oder würden wir den Sessel am Ende doch noch ganz entsorgen müssen?

Während ich im Bad mit dem Sesselaufleger kämpfte, begann Pooky, sich langsam aufzurappeln. Erst jetzt nahm ich wahr, dass auch der Kater entsetzlich stank. Nicht nur Decke und Sessel hatten freudig seinen Blaseninhalt aufgenommen, sein eigenes Fell hatte sich ebenfalls fleißig an der Aufsaugaktion beteiligt. Aber das spielte alles schon keine Rolle mehr, ich selbst stank wahrscheinlich ebenso schlimm wie Kater, Sessel und Decke, wie unsere gesamte Wohnung.

Nachdem ich das Sesselteil genug mit Wasser und Seife malträtiert hatte, harrte schon wieder eine neue Aufgabe auf mich. Pooky war inzwischen wankend und schwankend seiner Lagerstatt entstiegen und torkelte unkontrolliert durch die Gegend. Ob sich sein Magen zu Wort gemeldet hatte? Noch gar nicht ganz wach, taumelte er nämlich zum Futternapf. Dabei rutschte ihm sein Hinterteil einmal zur einen, dann wieder zur anderen Seite weg, dann wieder versagten die Hinterbeine ganz ihren Dienst.

Endlich am Futternapf angekommen, übermannte den armen Kerl erneut Müdigkeit. Unbeholfen setzte er sich auf sein Hinterteil und schloss entkräftet die Augen. Ich verzog schmerzvoll das Gesicht. Wie konnte er sich nur auf sein frisch operiertes Popöchen setzen? Aber andererseits sah es auch wieder nicht so aus, als würde ihm das Sitzen Schwierigkeiten bereiten. Sicher wirkt die Narkose noch, redete ich mir tapfer ein.

Sich mühevoll auf den Vorderpfoten haltend, saß er vor dem Futternapf. Sein Köpfchen wackelte locker hin und her. Er saß und saß, als hätte er vergessen, warum er dort saß, wo er saß.

Nach einer längeren Kunstpause war ihm wohl wieder eingefallen, was er ursprünglich gewollt hatte. Immer noch recht unbeholfen bemühte er sich nun, ein paar Bröckchen Futter aufzunehmen. Nach mehreren Fehlversuchen gelang es ihm endlich, eines der Futterbröckchen aufzusammeln. Doch das wollte nicht ganz so wie er. Es fiel ihm gleich wieder aus dem Maul. Neuer Versuch. Dabei überkam ihn erneut Müdigkeit, sein Kopf sank erschöpft auf den Futternapf, die Vorderpfoten rutschten weg, die Augen fielen zu und unser Kater schlief erneut.

Vor Schreck bemächtigte ich mich schnell des in der Nähe stehenden Trinknapfes. Nicht, dass er auch darin noch einschlief. Hatte ich nicht schon gehört, dass so etwas schnell einmal neugeschlüpften Küken passieren konnte? Meinem Küken hier durfte das nicht am Ende auch noch widerfahren.

So hockte ich mich neben den Kater und wartete darauf, dass er wieder aufwachen würde. Ich getraute mich nicht, ihn aus den Augen zu lassen. Wer weiß, was er in diesem halbwachen Zustand noch alles anstellen würde? Nach gefühlten Stunden kam endlich wieder Leben in ihn und es gelang ihm nun sogar, ein paar Futterbrocken erfolgreich zu fressen.

Kaum fertig damit, taumelte er Richtung Wohnzimmer. Zu meiner Erleichterung waren inzwischen unsere Töchter aus der Schule nach Hause gekommen. Endlich hatte ich Hilfe. Eine von ihnen würde unser Plüschtier nun weiter bewachen können. Ich zauberte schnell noch ein paar frische Decken aus dem Schrank. Ich hatte nämlich so eine Ahnung, dass sich Pooky gleich im Wohnzimmer einen neuen Schlafplatz würde suchen wollen. Hoffentlich war seine Blase nun wirklich gut geleert. Nicht, dass wir noch einmal mit dem Problem von eben konfrontiert werden würden.

Sicherheitshalber belegte ich sämtliche Polstermöbel mit Folie und Decken, vor allem, weil der Kater selbst nach wie vor erbärmlich stank. In seinem Zustand wollte ich ihm aber weder ein Bad, noch eine Dusche zumuten. Andererseits brachte ich es auch nicht über mich, ihm einen weichen Liegeplatz zu verwehren.

Unsere Töchter waren an diesem Nachmittag noch lange damit beschäftigt, den Kater zu lenken, zu leiten, zu stützen und aufzufangen. In seinem immer noch nicht vollständig wachen Zustand vollführte er haarsträubende akrobatische Übungen. Dickköpfig bemühte er sich, wiederholt Sessel, Tische und Schränke zu besteigen. Kaum oben, musste er auch schon wieder hinunter, um beim nächsten Möbel einen erneuten Versuch zu starten. Sobald Hilfe nahte, empfand er sie scheinbar als Eingriff in seine höchstpersönlichen Angelegenheiten und nahm das als Anlass dafür, erneut einen anderen Liegeplatz aufsuchen zu wollen. So fiel er einige Male mehr von Couch und Sessel, Schrank oder Tisch, als dass er hinunter sprang. Uns gruselte es jedes Mal bei diesen gewagten Aktionen.

Gegen Abend endlich konnte er sich wieder einigermaßen passabel auf seinen vier Beinen halten, das Futter fiel nicht mehr ungewollt zurück auf den Futterteller, und seinem Blauen Wunder hatte er inzwischen auch einen erfolgreichen Besuch abgestattet. Ich atmete auf, konnte ich doch hoffen, nun nicht mehr um Couch, Sessel und Kater fürchten zu müssen.

Am anderen Morgen war unser Pooky wieder fit. Er machte den Eindruck, als wäre nichts geschehen. Ich fragte mich später manchmal, ob ihm überhaupt aufgefallen war, dass ihm ein wichtiges Teil seines Körpers fehlte. Ich hatte fast gegenteiligen Eindruck und beruhigte so mein schlechtes Gewissen ein wenig für die Verstümmelung, die wir ihm angetan hatten.

Ausgang gab es für unseren Kater die nächsten Tage aber nicht. Erst einmal sollte alles ordentlich verheilt sein, bevor wir ihn wieder hinaus ins feindliche Leben lassen wollten.

Das Sesselteil war am Ende tatsächlich noch zu retten gewesen. Es hatte zwar noch eine ganze Weile Wohnzimmerverbot, aber nach vielen, vielen Trockenstunden an der frischen Luft und mit ein wenig Hilfe von einem dieser Wundermittel gegen unangenehme Gerüche war es wieder einsetzbar.

Die verschwundenen Schweineme-daillons

Unser Katerchen war also derweil erwachsen geworden. Aber offensichtlich hatte er noch lange nicht das Ende seines Wachstums erreicht. Wenn ich gedacht hatte, er würde demnächst weniger gefräßig sein als zu Katzenkindzeiten, dann irrte ich gewaltig.

Er war ein Kater, der ständig kurz vor dem Hungertod zu stehen schien. Wenn wir sein herzzerreißendes nach Futter Geschrei ignorierten, griff er durchaus auch schon einmal auf Gewaltmaßnahmen zurück. Er schlich demjenigen, den er als schwächstes Glied in der Kette seiner Dosenöffner betrachtete, fast brutal drängelnd um die Beine. Dabei noch vorwärts gehen zu können, war nahezu unmöglich. Wurde Katers Wunsch trotzdem nicht verstanden, fuhr er schwereres Geschütz auf und klammerte sich am Bein seines Opfers fest. Stieß das immer noch auf Unverständnis, biss er dem Begriffsstutzigen, um dem Wunsch nach Futter mehr Nachdruck zu verleihen, schon mal in die Wade ganz nach dem Motto: Wer nicht hören will, der muss fühlen. Nun hätte man dem Wunsch des Katers sicher nachgeben können, doch von Seiten unserer jugendlichen Katerhalterin, unserer Tochter, gab es ein striktes Verbot, dem Vielfraß zwischen den eigentlichen Mahlzeiten ein zusätzliches Döschen Futter zukommen zu lassen. Er würde sonst bald wie ein kleiner Mops aussehen und das wäre ungesund.

So litt nicht nur unser Vielfraß, auch wir Menschen mussten leiden, weil wir Pookys Gewaltmaßnahmen gnadenlos ausgeliefert waren und uns nicht freikaufen durften. Aber was tut man nicht alles für die Gesundheit seines Vierbeiners. Und andererseits … wer hat schon seinen eigenen Akupunktur-Fachmann im Hause?

Eine Katze, die mit besonders begriffsstutzigen Menschen gestraft ist, wird natürlich bald erfinderisch. Auch unser Kater machte in der Hinsicht keine Ausnahme. Er hatte seine ganz eigenen Strategien, um letztendlich doch noch an das ersehnte Ziel zu gelangen. Sein Grundsatz dabei war, uns ganz genau zu beobachten und den kleinsten Fehler schamlos auszunutzen. Genau darin war Pooky Meister, wie die folgende Geschichte beweisen dürfte.

*

Hmmm, lecker, was hatte seine menschliche Mitbewohnerin da eben auf den Küchentisch gelegt?

Welch herrliche Düfte waberten von dort oben zu ihm hinunter? Ob er einmal kurz auf den Tisch springen sollte, um zu überprüfen, um was es sich dabei handelte? Aber sicher würde sie ihm sofort auf die Pfoten klopfen oder schlimmer noch, ihn gleich wieder vom Tisch setzen oder ihn gar ganz aus der Küche verbannen. Ob sie ihm eine Kostprobe überlassen würde, wenn er ihr liebevoll und laut schnurrend um die Beine strich? Es käme auf einen Versuch an. Schnurrrrrrrr ... mimm ... schnurrrrr ...

Was sagte sie? Er könne aufhören, sie so zu umgarnen? Das wären Schweinemedaillons und Schwein wäre generell tabu für Katzen? Das wäre reines Menschenfutter? Wieso das denn? Was so lecker riecht, kann doch nicht allein nur für Menschen sein. Nein, nein und nochmals nein, sie würde sich nicht überreden lassen, auch nicht zu einem noch so winzigen Zipfelchen? Egal, was sie da redete, er würde geduldig in der Küche ausharren. Vielleicht würde sich doch noch eine Gelegenheit ergeben, um an die Leckerei dort oben auf dem Tisch zu kommen.

Boahhh, da nervt schon wieder dieses blöde Telefon mit seinem ohrenbetäubenden Rrrrrinnng .... Rrrrrinnng .... Rrrrrinnng.

Ahhh, so ein Telefon ist doch gar nicht so schlecht. Es könnte viel öfter seine Menschenfrau aus der Küche fortrufen, wenn sie nur dabei vergisst, das Leckere auf dem Tisch dort oben wegzusperren.

*

Gerade war ich damit beschäftigt, die ersten Vorbereitungen für unser Mittagessen zu treffen, als das Telefon zu läuten begann. Wer mochte das nur sein? Das passte mir gerade gar nicht in den Kram. Alle Welt war doch um diese Zeit dabei, sich um das Mittagessen zu kümmern. Naja, vielleicht war es ja doch etwas Wichtiges. Ich ließ kurz die Schweinemedaillons Schweinemedaillons sein und eilte schnell hinüber ins Nebenzimmer zum Telefon. Dabei war mir völlig entgangen, dass der pelzige Vielfraß, der mich zuvor schon mit seiner Bettelei um eine Kostprobe von den Schweinemedaillons genervt hatte, noch unter dem Küchentisch lauerte.

Eine ganze Weile später erst kam ich wieder in die Küche zurück. Wo war ich noch stehengeblieben? Ach ja, ich musste noch Kartoffeln schälen. Schnell machte ich mich ans Werk, um die vertelefonierte Zeit wieder aufzuholen. Anschließend waren noch die Champignons zu putzen, die es zu den Schweinemedaillons geben sollte.

Bald war alles vorbereitet und konnte auf den Herd. Fehlte nur noch der Pudding zur Feier des Tages. Während ich zum Kühlschrank ging, um die Milch für den Pudding aus dem Schrank zu nehmen, fiel mein Blick durch die offene Küchentür auf den wild im Flur herumtobenden Kater.

Womit spielte er da? Das sah ja seltsam aus. Eine seiner Spielmäuse war das eher nicht. Was hatte er nun schon wieder aus irgendwelchen Ecken hervorgekramt? Ich stellte die Milch neben dem Herd ab und ging, nun doch mehr als neugierig geworden, zum Flur. Was war das für eine flache Scheibe, die der Kater durch die Gegend schoss? Ich schaute einmal, ich schaute zweimal und dann klappte mir in plötzlicher Erkenntnis der Unterkiefer herunter. Das war doch … Ich drehte mich um und schaute verdutzt auf den leeren Küchentisch. Lag da nicht eben noch die Packung mit den … mit den Schweinemedaillons?

Verdattert drehte ich mich zum tobenden Kater zurück und erkannte nun beinahe überdeutlich, mit welchem Puck die graue Pelzkugel gerade durch den Flur schlitterte.

Das war eines der Schweinemedaillons, und dann sah ich in einer der Flurecken auch schon die leere Packung genau dieser Fleischscheiben liegen. Maßlose Wut erfasste mich. Ich hatte mich so auf das leckere Sonntagsessen gefreut. Endlich wieder einmal etwas Ordentliches nach dem eher geschmacklosen Kantinenessen in der Woche.

Laut und ärgerlich schimpfend sprang ich, sicher Rumpelstilzchen nicht unähnlich, auf den Kater zu, der sich, heftig über meinen Wutausbruch erschrocken, hinter dem Kleiderständer verkroch und ängstlich zu mir hochschaute. Wütend riss ich ihm sein fleischliches Spielzeug fort, eilte frustriert in die Küche zurück und donnerte den „Puck" kraftvoll in den Mülleimer.

Und als ich so vor dem Mülleimer stand und auf den Rest unseres Sonntagsessens darin schaute, verschwand die Wut und tief aus meinem Innern rollte ein Lachen nach oben - erst langsam und glucksend, dann immer heftiger. Kaum hatte ich mich ein wenig beruhigt, schüttelte mich ein erneuter Lachanfall. Ich konnte einfach nicht aufhören zu lachen. Meine Familie, durch mein Lachen herbeigeeilt, wollte wissen, was denn so lustig wäre. Mehr schlecht als recht konnte ich ihnen zwischen Lachen und Weinen erklären, dass wir einen kleinen Diätsonntag würden einlegen müssen. Der Kater hätte nämlich die Schweinemedaillons gefressen.

So saßen wir eine Weile später bei unserem Sonntagsessen, das sich etwas abgewandelt hatte, und schauten neidisch auf den dicken Bauch des Katers. Er hatte sein Sonntagsessen gehabt, unsere Schweinemedaillons dagegen waren zu Spiegeleiern zusammengeschrumpft.

Der Dieb hatte sich, als mein Rumpelstilzchentanz vorüber war, wieder aus seinem Versteck hervor getraut. Sein Bauch sah beeindruckend rund aus. Er hätte durchaus den Vergleich mit einer tragenden Katze aufnehmen können. In der Fleischpackung waren fünf Schweinemedaillons gewesen. Er musste also vier davon verspeist haben. Wie konnten die alle in ihn hineingepasst haben? Das fünfte aber hatte dann wohl doch keinen Platz mehr in seinem Bauch gefunden und so wurde es kurzerhand zum Spielzeug umgewidmet.

Wer weiß, wenn ich den frechen Kerl gelassen hätte, hätte er die letzte Scheibe später sicher noch ebenso genussvoll verzehrt wie die ersten vier Fleischstücke. Aber Strafe musste sein. Hätte ich ihm das letzte Medaillon auch noch gelassen, hätte er es am Ende noch als Belohnung für eine gute Tat angesehen.

Unser Kater geht nicht auf den Tisch

Es hatte zwar einige Mühe gekostet und eine Weile gedauert, aber irgendwann hatten wir unserem Wildfang beigebracht, dass er auf unseren Tischen nichts zu suchen hatte. Was würde es für einen Eindruck machen, wenn wir Gäste hätten, und unser Kater würde während des Essens fröhlich auf dem Tisch umherspazieren. Ich war ganz stolz darauf, dass Pooky, der sonst auf nichts und niemanden hörte, in dieser Beziehung sogar Gehorsam zeigte. Ich war so stolz auf ihn, dass ich bei jeder sich bietenden Gelegenheit im Freundes-, Bekannten- und Verwandtenkreis geradezu davon schwärmte, wie gut doch unser Kater in gerade dieser Hinsicht erzogen sei.

Bei Katzen ist Erziehung durchaus als Meisterleistung anzusehen, tun sie doch gewöhnlich immer nur das, was ihnen Spaß macht und was sie, nur sie, für richtig halten. Jeder, der mit einer Katze zusammenwohnt, weiß, dass auch ein Tisch kein Heiligtum für einen pelzigen Mitbewohner ist. Gerade das, was verboten ist, ist für Katzen eine ganz besondere Herausforderung. Solche Plätze werden mit erstaunlicher Vorliebe besetzt. Plätze dagegen, die die menschlichen Mitbewohner ausdrücklich erlaubt haben, sind oft völlig uninteressant, schließlich führt jede Katze ein selbstbestimmtes Leben. Es wäre ja wohl gelacht, wenn sie sich von einem Menschen Vorschriften machen ließe.

Aber unsere Katze war natürlich eine ganz besondere Katze, eine Katze, die auf mich hörte und meine Anweisungen akzeptierte. So bildete ich es mir zumindest ein und verfiel dem dummen Glauben, dass ich eine Katzenflüsterin sei, die nicht nur die Katzen verstehen würde, sondern die auch von den Katzen verstanden und respektiert wurde. Schließlich war ich in diesem Hause die Oberkatze.

Eines Tages nun kam ich etwas eher als gewöhnlich von der Arbeit heim. Die Zeitung steckte noch im Briefkasten. Die Kinder waren anscheinend noch nicht von der Schule zurück. Bevor auch sie wieder daheim waren, hatte ich also noch etwas Ruhe und Zeit für eine kleine

Zeitungsschau und eine Tasse Kaffee. Wenn erst das Haus wieder voll war, wäre es auch mit der Ruhe vorbei. Im Moment lag wohl sogar der Kater noch irgendwo im Tiefschlaf. Sollte er ruhig.

Ich hängte meine Jacke an die Garderobe, stellte meine Tasche ab und kümmerte mich in der Küche zunächst einmal um meinen Kaffee. Wenig später ging ich mit der Tasse in der Hand und der Zeitung unter dem Arm auf unser kleines Esszimmer zu.

Ich zog den Vorhang, der Flur und Essbereich voneinander trennte, zur Seite und erstarrte. Wohlig reckte und streckte sich der Kater vor meinen Augen. Wie lang er war. Erstaunlich! Das war mir bisher noch gar nicht so aufgefallen. Er gähnte herzhaft und schaute so, als wollte er sagen: „Was willst Du denn schon hier? Ist es schon so spät? Habe ich etwa verschlafen?"

Er rekelte sich, gähnte erneut und stand dann ganz gemächlich auf, als hätte er alle Zeit der Welt. Dann erst sprang er lässig und locker von unserem Esstisch herunter, der doch eigentlich völlig tabu für ihn sein sollte. Einen Augenblick lang waren mir wohl sämtliche Gesichtszüge entglitten.

Dieser Schelm! Wahrscheinlich schlief er immer, wenn wir Menschen außer Haus waren, in aller Seelenruhe auf dem Tisch und lachte sich grinsend in sein Katzenfäustchen, weil ich so dumm war zu glauben, er würde sich selbstverständlich auch in unserer Abwesenheit an das Tischverbot halten.

Und ich war so stolz auf unseren so hervorragend erzogenen Kater gewesen. Das war dann aber wohl nichts. Auch Pooky war also ein ganz normaler Kater, der tat, was er wollte, nicht was er nach Meinung seiner Menschen sollte.

Der Wischmopp

An manchen Tagen mag man gar nicht vor die Tür. Wieder einmal hatte es bereits morgens, als wir uns auf den Weg zur Arbeit und die Kinder sich auf den Weg in die Schule machen mussten, geregnet. An dem ekligen Wetter änderte sich auch im Laufe des Tages nichts, es war und blieb ungemütlich nass und kalt.

Doch selbst, wenn man nicht vor die Tür möchte, lässt es sich mitunter trotzdem nicht vermeiden, will man der Familie zum Abendessen nicht eine Diätmalzeit mit trockenem Brot und Wasser aus der Leitung auftischen. Ich schnappte mir also, kaum von der Arbeit wieder daheim, noch einmal meine Regenjacke, um noch ein paar Kleinigkeiten einzukaufen. Als ich jüngster Tochter und Ehemann zurief, dass ich schnell noch einmal für ein paar Einkäufe los wollte, boten sich beide an, mir dabei Gesellschaft zu leisten. Na, das ließ ich mir doch gerne gefallen, zumal bei solchem Wetter, bei dem man, wie man so schön sagt, nicht einmal einen Hund vor die Tür jagt.

So zogen wir gemeinsam los und aus dem kurzen schnellen Einkauf, den ich mir vorgestellt hatte, wurde dann fast ein Großeinkauf. Einer fand hier noch etwas, einer dort, sodass unser Wagen am Ende ganz schön bepackt war. Aber egal, ich hatte ja zwei kräftige Helfer zum Tragen dabei. Wegen der ständigen Parkplatzmisere waren wir trotz Regen nämlich ohne Auto losgezogen.

Als wir endlich den Markt verließen, regnete es immer noch in Strömen. Eine Viertelstunde später bogen wir in unsere Straße ein. Schon aus der Ferne sahen wir schemenhaft etwas auf einer unserer Mülltonnen am Hauseingang liegen. Hatte da jemand im Vorbeigehen schnell etwas entsorgen wollen und sich nicht einmal die Mühe gemacht, es in die Tonne zu werfen? Wenn schon jemand unsere Mülltonnen benutzen musste, sollte er sich seinen Abfall nicht auch noch von anderen hinterherräumen lassen. Ein wenig ärgerlich schaute ich zu dem mülligen Etwas.

Je näher wir kamen, umso seltsamer sah das Bündel auf der Mülltonne aus. Bewegte es sich nicht sogar oder gaukelte uns das nur der Regen vor? Einige Schritte weiter und aus dem vermeintlichen Müll formte sich mehr und mehr etwas, das eine gewisse Ähnlichkeit mit einem zusammengeknäulten Wischmopp aufwies. Plötzlich bewegte sich der Wischmopp tatsächlich. Aus dem nassen Knäuel von eben wuchsen zwei Ohren heraus und auf einmal leuchteten auch noch zwei kleine gelbe Scheinwerfer daraus hervor. Als Krönung des Ganzen sprach es sogar noch mit uns. Wir vernahmen ein jammer- und zugleich vorwurfsvolles: „Mauuu!" Verblüfft schauten wir auf den zum Leben erwachten Wischmopp, der sich langsam aber sicher vor unseren Augen in eine Katze verwandelte – nicht in irgendeine Katze. Der Wischmopp war unser Kater Pooky.

Was nur hatte ihn bei diesem Wetter auf die Mülltonne verschlagen? Unser Wischmopp triefte nur so vor lauter Nässe, und wie winzig er aussah in seinem klatschnassen Pelzmantel. Er glich fast mehr einer nassen Ratte als unserem Katertier. Warum war er überhaupt draußen? Alle drei waren wir der Überzeugung, ihn in der verschlossenen Wohnung zurückgelassen zu haben.

Da saß er nun und schaute uns schwer vorwurfsvoll an.

*

Ihr werdet schon sehen, was Ihr davon habt, dass Ihr mich armen Kater einfach ganz allein zurückgelassen habt. Ich werde, weil ich im Regen auf Euch warten musste, nun sicher ganz furchtbar krank und Ihr allein seid schuld daran. Ganz furchtbar teuer wird es Euch zu stehen kommen, wenn Ihr mich zu dieser Frau mit dem weißen Kittel tragen müsst, damit sie mich wieder gesund macht, wenn es ihr denn überhaupt noch gelingen wird.

*

Der Blick, mit dem uns das nasse und tropfende Bündel bedachte, machte uns tatsächlich Glauben, dass es bereits jetzt auf dem sprichwörtlich letzten Loch pfiff. Schnell griff sich unsere Tochter den nassen Wischmopp und trug ihn hinein ins Trockene und Warme, in der Hoffnung, dass vielleicht mit ein bisschen Wärme und liebevoller Zuwendung doch noch etwas zu retten war.

Kaum in der Wohnung stellte ich meine Einkaufstaschen eilig in der Küche ab und lief erst einmal zum Kleiderschrank, um nach einem Handtuch für unseren durchnässten pelzigen Hausgenossen zu suchen. Wenn wir ihn ordentlich trockenrubbeln würden, ginge es ihm sicher schnell wieder besser. Dazu ein paar liebevolle Streicheleinheiten und unser Kater wäre uns wieder gut, und sämtliche Gedanken an Krankheit wären verflogen.

Nachdem unser Plüschlöwe trockengerubbelt war, sah er einer Ratte schon nicht mehr ganz so ähnlich und je trockener er wurde, umso fluffiger wurde sein Pelzmantel. Bald hatten wir aus der kleinen hässlichen Ratte einen großen stolzen Löwen gezaubert, und schon war die Welt für Tier und Menschen wieder in Ordnung. Das Handtuch konnte ich nun wohl ins Bad zum Trocknen aufhängen.

Als ich die Tür zum Bad öffnete, klappte mir der Unterkiefer hinunter. Das Fenster stand weit offen und es regnete sogar heftig hinein. Warum war das Fenster auf, obwohl bis eben niemand zuhause war? Ich war mir keiner

Schuld bewusst, denn ich war, nachdem ich von der Arbeit heimgekehrt war, noch gar nicht bis zum Bad vorgedrungen.

Außerdem wäre ich nie darauf gekommen, dass unser Kater bei diesem Ekelwetter den Wunsch verspürt haben könnte, nach draußen zu gehen. Sonst war ihm Regen regelrecht zuwider. Irgendjemand musste aber das Fenster geöffnet haben. Schlimm genug, dass es während unserer Abwesenheit für jeden Einbrecher weit offen gestanden hatte. Andererseits hatte Pooky doch so auch freien Zugang zur Wohnung gehabt. Warum nur hatte der dumme Plüschlöwe, statt im Trockenen ein gemütliches Nickerchen zu machen, bei strömendem Regen draußen auf der Mülltonne gesessen? Hatte sich der arme Kerl etwa so einsam und verlassen gefühlt, dass er ganz unglücklich vor Kummer dort draußen auf uns warten wollte?

Wenn ich seinen Blick, als wir endlich wieder von unserem Einkauf zurück waren, richtig deutete, wird es wohl genau das gewesen sein. Andererseits würde ich dem Schlingel ebenso gut zutrauen, dass er uns einfach nur bestrafen wollte, weil wir, kaum zuhause, gleich wieder davongelaufen waren. Ihm hätte zunächst unsere Bewunderung und Fürsorge gelten müssen.

Erst wenn unsere katerliche Herrschaft es schließlich großmütig erlaubt hätte, hätten wir uns noch um die Zutaten zu unserem Abendessen kümmern dürfen.

So wenig wir am Ende die Frage klären konnten, warum unser Kater, obwohl er es hätte gemütlich warm und trocken haben können, sich hinaus in den strömenden Regen gesetzt hatte, konnten wir klären, wer aus der Familie für das offene Badfenster verantwortlich war. Es war wieder einmal keiner gewesen, ein Phänomen, das es wohl nicht nur in unserer Familie gibt. So neigte ich schließlich zu der Annahme, in unserem Kater stecke ein Talent, das uns bis dahin verborgen geblieben war. Er musste Fenster öffnen können. Wie sonst sollte man sich das offene Badfenster erklären können?

Der weiße Hase

Wie bereits an anderer Stelle erwähnt, standen schräg gegenüber unserer Terrasse mehrere Geräteschuppen. Die Schuppen reihten sich an einer etwa zwei Meter hohen Mauer entlang, die wiederum die Abgrenzung zum Nachbargrundstück bildete. Diese gut übermannshohe Mauer ließ normalerweise keinen Blick auf den Hof des nachbarlichen Grundstücks zu. Unserem Kater Pooky jedoch, der von unserer Terrasse aus über die Dächer der Schuppen ungehinderten Zugang zur Mauer hatte, blieb natürlich nichts von dem verborgen, was sich auf dem Grundstück nebenan abspielte.

Eines Tages, ich saß gerade mit einer unserer Töchter auf unserer Terrasse und plauderte angeregt mit ihr über die Geschehnisse des Tages, als ein lauter Schrei ertönte. Im ersten Moment fühlten wir uns weder angesprochen, noch verstanden wir, worum es ging. Dann aber rief eine Frauenstimme fast hysterisch: „Hallo Sie da drüben! Ihr Kater jagt meinen Hasen!"

Entsetzt schreckten wir auf. Was war das eben gewesen? Kater? Hase? Der Schrei von jenseits der Mauer hatte wohl doch uns gegolten. Sekundenbruchteile später waren wir auf den Beinen und rasten, so schnell wir konnten, in den Park hinter unserem Haus. Von dort aus konnte man über eine Hintertür am schnellsten auf das Nachbargrundstück gelangen. Eile schien offensichtlich geboten.

In ziemlicher Hektik und Panik rannten wir auf die Tür zum nachbarlichen Grundstück zu, um zu retten, was hoffentlich noch zu retten war. Vor meinem inneren Auge sah ich bereits ein von unserem Kater gerissenes armes kleines Häschen mit glasigen Augen blutüberströmt in einer Ecke des Nachbargehöfts liegen. Oh, mein Gott! Hoffentlich kamen wir nicht zu spät. Wie hätten wir es jemals wieder gutmachen können, wenn unser Kater das Lieblingstier eines kleinen Mädchens oder Jungen gemeuchelt hätte. Vor lauter Aufregung wurden mir die Knie ganz weich. Mein Herz raste, als wäre ich selbst der kleine Hase, hinter dem unser Kater herjagte.

Endlich hatten wir den hinteren Zugang zum Nachbargrundstück erreicht. Panisch ergriff ich den Türdrücker, riss die Tür auf und stürzte mit viel Schwung auf den nachbarlichen Hof und dabei fast in die dort hängende Wäsche. Erschrocken bremste ich so abrupt ab, dass meine Tochter auf mich auflief und mich noch ein Stück vorwärts schubste. Fast hätte ich mich nun doch noch in dem Bettlaken vor mir verfangen. Wo war die Ruferin? Und viel wichtiger, wo mochte unser den Hasen jagender Kater sein? Wir kämpften uns zwischen zwei Bettlaken hindurch und versuchten, uns danach zwischen weiteren Bettwäschestücken zu orientieren, als plötzlich, wie aus dem Boden

gestampft, die Mensch gewordene Frauenstimme vor uns stand. Auf dem Arm hielt sie …
nein, nichts Weißes, wie ich mir in meiner Fantasie den Hasen vorgestellt hatte. Was sie auf
dem Arm hielt, das war überwiegend grau und
weniger mit Hasenohren ausgestattet, es ähnel-
te fatal unserem Kater Pooky. Obwohl vom Hasen weit und breit nichts zu sehen war, atmete
ich erst einmal aus. Die Körpersprache der Ha-
senbesitzerin schien darauf hinzudeuten, dass
dem Gejagten wohl nichts passiert war, und der
Jäger war zum Glück in Gewahrsam genommen.

Wie wir nun erfuhren, hatte die Nachbarin, als
unser Kater hinter dem Hasen her über den Hof
preschte, zwar nicht den wilde Haken schla-
genden Hasen ergreifen können, aber unseren
Kater. Im letzten Moment, bevor Pooky, wie
zuvor der Hase, zwischen ihren Beinen hätte
hindurchhuschen können, hatte sie ihn noch an
einem Fellzipfel erwischen können. Und da saß
er nun auf ihrem Arm, unser wilder Löwe, brav
und artig wie das liebste und netteste Kätzchen
der Welt, das niemandem etwas zuleide tun
könnte. Die Nachbarin, von der ich eher
schlimmste Vorwürfe wegen des Hasenjägers
erwartet hatte, schaute unseren Kater gar nicht
einmal so böse an, eher noch ein wenig amü-

siert. Oder spielte mir meine Einbildung da etwas vor? Jedenfalls waren wir froh, dass die gefährliche Jagd nicht mit einem Todesfall geendet hatte. Wer weiß, ob die Nachbarin auch dann noch so freundlich geschaut hätte.

Während wir Pooky entgegennahmen, hüpfte hinter einem Holzstapel ein flauschiges weißes Zwergkaninchen hervor und knabberte schon wieder an Grashalmen. Irgendwie musste ich nun doch lächeln, denn der Bursche sah genauso aus, wie ich ihn mir vorgestellt hatte, und offensichtlich sah er, im Gegensatz zu uns, die ganze Sache recht sportlich. Die Gefahr war ja vorüber. Da konnte er doch auch wieder zum Tagesgeschäft übergehen und den Rasen kurzhalten. Es würde sicher nicht schaden, die durch das eben absolvierte Wettrennen verbrauchte Energie wieder aufzufüllen. Wer wusste schon, wann er das nächste Mal an den Start musste?

The same procedure as last week

… und das mit dem Start zum nächsten Wettrennen war gar nicht so weit hergeholt.

Wir beiden verschreckten Mädels hatten dummerweise nach diesem Zwischenfall mit dem weißen Hasen und unserem Kater Pooky gar nicht danach gefragt, wie es überhaupt dazu gekommen war, dass unser Kater den Hasen jagen konnte. Hatte die Nachbarin den kleinen Hoppler einfach unbeaufsichtigt und noch dazu frei auf ihrem Hof umherlaufen lassen? Oder war am Ende alles nur ein dummer Zufall gewesen?

Wir hatten zu Kater Pookys Zeiten außer ihm noch zwei weitere tierische Mitbewohner – zwei Meerschweinchendamen. Sie waren zwar keine Hasen, aber immerhin auch Grasfresser wie Hasen oder Kaninchen und so in gewisser Weise doch mit diesem kleinen Harvey von nebenan zu vergleichen. Natürlich durften unsere beiden Schweinchen im Sommer gern mal an die frische Luft und ihr Grünzeug auf dem Rasen hinter unserem Haus selber zupfen. Solche Ausgänge fanden aber nur mit einem schützenden Käfig statt, der samt Schweinchen wie eine Art Gehege auf die Rasenfläche hinter unserem Haus gesetzt wurde. War das Gras von den Nagern auf ihrem jeweiligen Standort auf Tennisrasenlänge gekürzt, wanderten die beiden Gras muffelnden Nager samt Käfig ein Stückchen weiter, um an anderer Stelle ihr Rasenmäherwerk fortsetzen zu können. Nebenan mit dem Zwergkaninchen würde es doch sicher ähnlich laufen. Bestimmt war der flinke Hoppler nur beim Hineinsetzen in den Käfig oder beim Umsetzen entwischt. Ich nahm an, dass dummerweise genau zu dem Zeitpunkt unser Kater zur Stelle gewesen war.

Wir beruhigten uns schnell mit dem Gedanken, dass dieser Vorfall sicher einmalig war und die Nachbarin jetzt gewarnt wäre. Demnächst würde sie doch wohl besser auf ihren weißen Mitbewohner aufpassen. Unser Kater war schließlich nicht das einzige freilaufende Katzenwesen weit und breit. Raubvögel gab es durchaus auch, für die so ein kleines hoppelndes Wesen eine willkommene Mahlzeit sein könnte.

Wir vertrauten also voll und ganz auf die Vorsichtsmaßnahmen der Nachbarin. Pooky durfte nach diesem aufregenden Ereignis wieder seine kleinen Reviergänge unternehmen. Aber wie es so ist mit dem Vertrauen, mitunter ist Kontrolle eben doch besser.

Eines Tages saß ich wieder einmal auf der Terrasse, las in einem Buch und ließ mich von der Sonne bescheinen, als ich hochschreckte. Was war das eben für ein Schrei gewesen? Da, schon wieder! Klang so nicht der Angstschrei eines

Hasen? Aufgeregt rannte ich zunächst ins Haus und fragte, ob Pooky irgendwo in der Wohnung wäre.

„Nein, der müsste draußen sein", antwortete die anwesende Tochter.

Ich erklärte ihr schnell, dass unser Kater möglicherweise gerade wieder den weißen Harvey von nebenan jagen würde. Ich bräuchte eventuell ihre Hilfe. Gemeinsam eilten wir hinaus, unsere Tochter voran in Richtung des Nachbargrundstücks, ich hinterher. Kaum im Park blieb mir fast das Herz stehen. Ich sah den weißen Hasen über die Wiese preschen und unseren Kater in kurzem Abstand hinterhersausen. Glücklicherweise schlug das Zwergkaninchen immer genau im richtigen Moment einen Haken. Jedes Mal, wenn unser Kater seine Beute fast gepackt hatte, schoss er über sein Ziel hinaus, weil der Hase kurz stoppte und im rechten Winkel rechts oder links weiterrannte. Zwischendurch stieß das arme gejagte Tier immer wieder Angstschreie aus.

Plötzlich blieb unser Kater sitzen und starrte auf eine Stelle kurz vor sich. In Riesenschritten rannte unsere Tochter genau dorthin, weil sie, wie auch ich, befürchtete, gleich wäre es um den Hasen geschehen. Der hatte sich in eine

kleine Furche auf der Wiese gedrückt und ver-
harrte ganz still. Unsere Tochter hatte Kater
und Hasen noch nicht ganz erreicht, als der
Hase erneut losrannte. Pooky zögerte keinen
Moment und folgte dem Hoppler in rasantem
Tempo. Ebenso wenig zögerte unsere Tochter
und folgte in erstaunlicher Geschwindigkeit
den beiden Tieren. Ich sah nur noch den Hasen
unter der Tür zu seinem Gehöft verschwinden
und wie sich der Kater ebenfalls unter dem
schmalen Türspalt hindurchdrückte. Wenig
später riss unsere Tochter die Tür auf und
schrie: „Pooky!"

Kurz nach diesem Schrei, ich dachte bereits, es
wäre gerade um das arme Kaninchen geschehen, kam der weiße Blitz wieder unter der Tür
durchgeschossen und genau auf mich zugelau-
fen. Zielsicher wollte er zwischen meinen Füßen
hindurchpreschen. Reaktionsschnell bückte ich
mich und griff zu. Ich hatte es tatsächlich geschafft, den weißen Schnellläufer zu packen. Ich
hob das zappelnde Bündel auf meinen Arm und
hielt es ganz fest. Meiner Tochter rief ich zu,
dass ich den Hasen hätte. Sie trug andererseits
unseren Kater auf dem Arm, der sich bei ihrem
mörderischen Pooky-Schrei wie der Hase ge-
duckt hatte und zu ihrem Erstaunen einfach
sitzen geblieben war. Uns beiden war ein Stein

vom Herzen gefallen, dass auch dieses abenteuerliche Wettrennen unblutig geendet hatte.

An diesem Tag durfte unser Jäger nicht mehr raus. Den kleinen weißen Harvey ließ ich auf dem Nachbargrundstück wieder von meinem Arm, nachdem ich festgestellt hatte, dass er scheinbar ohne Aufsichtsperson auf seinem Hof herumgehoppelt war. Offensichtlich hatte er also öfter unbeaufsichtigten Freigang. Ob er wohl die Wettläufe mit anderen Katzen auch immer gewonnen hatte? Ich konnte mir nicht vorstellen, dass bisher nur unser Kater hinter dem Hasen her gewesen war.

Nach diesem erneuten aufregenden Vorfall trug ich, bevor unser Kater seinen Reviergang machen durfte, jedes Mal erst einen kleinen Hocker zur Mauer, damit ich hinüber auf das nachbarliche Grundstück schauen konnte. Ich wollte sichergehen, dass wir nicht gleich wieder ein Wettrennen zwischen Hasen und unserem Kater erleben mussten. Glücklicherweise kam es zu keinen weiteren aufregenden Kater-Hasen-Abenteuern.

Eine ganze Weile später habe ich, während ich wieder einmal Ruhe und Sonne auf unserer Terrasse auskostete, eine interessante Beobachtung gemacht. Von meinem Liegestuhl aus fiel mein Blick zufällig auf eines der Fenster des Nachbarhauses, hinter dem sich auch die Wohnung des kleinen Harvey befinden musste. Ich war durch eine Bewegung am Fenster aufmerksam geworden. Was war das eben gewesen? Der weiße Hoppler war es garantiert nicht. Neugierig blieb mein Blick am Fenster hängen. Da, da war es wieder. Da wuselte etwas Pelziges am Fenster umher. Und dann schaute ich doch ein wenig verblüfft. Wer hätte das nach diesen jagdlichen Übungen unseres Katers auf den armen Hasen gedacht? Ich konnte mir nun doch ein Lächeln nicht verkneifen. Dort oben schaute nicht ein weißes Zwergkaninchen aus dem Fenster, eine Katze drückte sich die Nase an der Fensterscheibe platt. Demnach hatte das Verhalten unseres pelzigen Jägers gegenüber dem Hasen doch nicht zu einem schlimmen Katzentrauma geführt. Unser Kater hatte wohl eher das Gegenteil bewirkt. Vielleicht hatte ich den Blick der „Hasenmutter" gar nicht so falsch gedeutet, als sie unseren Pooky nach der Jagd auf ihren Hoppler auf dem Arm hielt. Damals schon hatte ich fast den Verdacht, dass sie durchaus etwas für Katzen übrig haben könnte.

Wenn man aus Schaden nicht klug wird

Dass unser Kater ziemlich verfressen war, erwähnte ich bereits. Eigentlich hätte ich aus dem Vorfall mit den verschwundenen Schweinemedaillons lernen sollen. Eigentlich, aber uneigentlich passierte es mir immer wieder, dass ich etwas, das dringend vor unserem Vielfraß weggesperrt gehörte, unbeaufsichtigt in der Küche oder auf dem Esstisch liegen oder stehen ließ. Natürlich blieb das der feinen Nase unseres vierbeinigen Leckermäulchens nie lange verborgen.

Wir hatten wieder einmal Wochenende. Die Familie erwartete nach dem eher mäßigen Kantinenessen während der Woche, dass nun wenigstens zuhause etwas Leckeres auf dem Mittagstisch stehen würde.

Bereits am Samstagabend hatte ich vorbereitend einen Blick in die Kühltruhe geworfen und noch eine Packung mit Putenschnitzeln entdeckt. Die könnten durchaus mit einigen leckeren Beilagen ein schönes Sonntagsessen ergeben. Ich nahm die gefrorenen Schnitzel aus der Kühltruhe und legte sie zum Auftauen hinüber in den Kühlschrank.

Am Sonntagvormittag holte ich die Putenschnitzel, damit sie vollständig auftauen konnten, aus dem Kühlschrank und legte sie bis zu ihrer weiteren Verwendung noch mit der Verpackung versehen in eine Schüssel. Sicher war sicher. Der stets hungrige Pooky würde nicht die kleinste Unachtsamkeit verzeihen und seine Chance nutzen, um sich den Bauch vollzuschlagen. Aber noch gut eingeschweißt, würde das Fleisch dem Kater im Falle der Fälle sicher ein Weilchen tapfer Widerstand leisten. Da ich auch noch einen Kuchen backen wollte, sah ich im Grunde genommen für die Putenschnitzel keine Gefahr. Vorläufig hatte ich mit den Vorbereitungen für den Kuchen zu tun. Ich würde die Küche also vorerst nicht verlassen.

Wieder kam es, wie es kommen musste, das Telefon klingelte erneut zur unpassenden Zeit. Bevor ich hinaus und nach nebenan zum läutenden Telefon eilte, besaß ich immerhin noch die Geistesgegenwart, die Schüssel mit dem halbfertigen Kuchenteig mit einem Teller abzudecken. Unser vierbeiniger Futterdieb hatte mich doch schon ganz gut erzogen. Stolz schaute ich die zugedeckte Schüssel an und eilte hinaus zum Telefon. Sicher war es wieder eine der Freundinnen unserer Töchter oder ein Kumpel unseres Sohnes, für die ich zum Telefon rennen musste. Ich selbst wurde um diese Zeit eher selten angerufen. Gewöhnlich standen auch andere Frauen am späten Vormittag in der Küche und bereiteten der Familie ein leckeres Mittagsmahl zu. Wer hatte da schon Zeit für ein Telefonat?

Aber manchmal kommt es eben doch anders, als man denkt. Erstaunlicherweise standen wohl doch nicht alle meine Freundinnen zu dieser Zeit am Kochherd. Eine von ihnen hatte just in diesem Moment beschlossen, den Sonntagvormittag lieber mit mir am Telefon zu verbringen. So ganz unerfreut war ich, wie ich zugeben musste, über diese Ablenkung nun auch wieder nicht, hatten wir doch schon lange nichts mehr voneinander gehört. Letztendlich hatte der Kuchen ja auch noch ein wenig Zeit. Gut und katersicher abgedeckt, würde er in der Küche geduldig auf mich warten. Außerdem schlief der Kater gerade irgendwo fernab der Küche.

Dass dort aber auch noch fünf Putenschnitzel, die eher unzureichend vor Katerübergriffen geschützt waren, standen, war mir in dem Moment nicht mehr ganz so gegenwärtig. In der Meinung, alles wäre in bester Ordnung, ließ ich mich entspannt auf dem Stuhl am Telefontischchen zum Plaudern nieder.

Wie lange unser Telefonat gedauert hatte, konnte ich hinterher gar nicht mehr sagen. Jedenfalls hatte die Zeit dafür gereicht, dass das Putenfleisch inzwischen gut durchgetaut war und damit seinen für Katernasen unwiderstehlichen Duft verbreiten konnte. Nun hatte ich zwar die Küchentür hinter mir geschlossen, als ich zum Telefon eilte, aber das war für Pooky natürlich noch lange kein Hinderungsgrund, wenn er es sich in den Kopf gesetzt hatte, irgendwo hinein zu wollen. Verführerisch duftendes Fleisch ließ ihn einfallsreich werden.

Da ich gerade nicht allein im Haus war, die Familie wartete schließlich aufs Mittagessen, gab es für den Kater genug Möglichkeiten, um in die Küche zu kommen. Ich hörte zwar, während ich telefonierte, dass er inzwischen von irgendwoher aufgetaucht sein musste, da er laut maunzte, meinte jedoch, er würde schon wieder damit aufhören, wenn er merken würde, dass ich gerade keine Lust hatte, ihm irgendwelche Wünsche zu erfüllen. Schließlich handelten Katzen selbst genau nach diesem Prinzip. Sie machen nur das, wozu sie jeweils Lust haben und nicht das, was wir ihnen aufdrängeln wollen. Pooky würde sich ganz einfach gedulden müssen, bis ich wieder Zeit für ihn hätte. So einfach war das.

Dummerweise hatte ihn aber doch jemand anderes erhört und ihn dorthin gelassen, wohin er wollte – in die Küche. Wäre ich nur wenig später zur Stelle gewesen, hätte ich den Kater sicher noch dabei erwischt, wie er geschickt versuchte, an die verführerisch duftenden Schnitzel zu kommen. Ich aber schnatterte, dabei völlig ahnungslos, was derweil nebenan geschah, immer noch mit meiner Freundin. Als ich endlich den Telefonhörer auflegte, wurde es bereits allerhöchste Zeit, sich ums Mittagessen zu kümmern. Sicher stand die Familie bereits kurz vor dem Hungertod.

So, nun aber husch und ab in die Küche! Der Kuchenteig wartete, die Kartoffeln mussten schnell noch geschält und das Gemüse geputzt werden. Ich hatte den Türdrücker der Küchentür noch in der Hand, als mein Blick auf die Schüssel fiel, in der eigentlich die Putenschnitzel liegen sollten. Sie war so leer, wie eine leere Schüssel nur sein kann. Dieser verdammte Vielfraß! Nur einer konnte hier seine Pfoten im Spiel gehabt haben – der Kater. Von dem war aber weit und breit nichts zu sehen. Wo war er nur? Als ich um die Küchenecke bog, um von dort ins Zimmer unseres Sohnes zu gelangen, trat ich fast drauf – auf die Schnitzelpackung, nicht auf den Kater, obwohl der das durchaus verdient hätte.

Die Packung sah eigentlich noch recht unversehrt aus. Ich bückte mich danach und hob sie auf. Aber irgendwie umschloss sie das Fleisch gar nicht mehr so straff, wie ich es in Erinnerung hatte. Ob das durch das Auftauen ...? Nein, nichts war dem Auftauvorgang der Schnitzel zuzuschreiben. Bei genauerer Betrachtung sah ich jetzt an der einen Ecke ein vielleicht zwei Zentimeter großes Loch in der Plastikfolie. Da hatte sich dieser freche Kerl doch tatsächlich ein Schnitzel aus der Packung geangelt. Alles andere sah noch gut aus, und sonst sah ich keine weitere Perforation in der Folie, die von spitzen Katerzähnen hätte stammen können. Nun gut, dieses Mal war vielleicht noch etwas zu retten. Da ursprünglich fünf Schnitzel in der Packung waren und wir an diesem Wochenende zum Mittagessen nur zu viert sein würden, hatte der Kater sich eigentlich nur das genommen, was ihm als fünften Mittagsgast in der Runde zustand. Ich würde jetzt nicht so dumm sein und die Putenschnitzel wegwerfen, nur weil der Kater eine der Scheiben aus der Folie geangelt hatte, oder sie gar noch dem pelzigen Dieb zum Fraß vorwerfen. Möglicherweise würde ihn das nur zu neuen Untaten anstacheln. Wir würden die Schnitzel selbst essen und sie uns ganz besonders gut schmecken lassen.

Verdammt sauer war ich dennoch auf unseren pelzigen Futterdieb. Wo war er eigentlich abgeblieben? Ob der Schlingel bei unserem Sohn auf der Couch lag? Ich klopfte an die Tür und schaute ins Zimmer hinein. Sohnemann saß an seinem Computer, und der Kater lag vor ihm auf der Fensterbank und schlummerte selig. Pookys Bauch war rund und dick. Wahrscheinlich hatte er auch noch das größte der fünf Schnitzel erwischt.

Wie ich dann von unserem Sohn erfuhr, war der Vielfraß irgendwann, als Sohnemann zwischendurch einmal sein Zimmer verlassen und kurz darauf auch die Küchentür geöffnet hatte, eilig in die Küche gestürzt. Unser Junior war über den Kater fast lang hingeschlagen, so eilig hatte es unser vierbeiniger Mitbewohner gehabt, in die Küche zu kommen. Unser Sohn hatte sich dabei aber nichts gedacht, stand doch auch Pookys Futternapf in der Küche. Es war also nicht so ungewöhnlich, dass der Kater in die Küche wollte. Als ich den Räuber nun so rundum glücklich und zufrieden auf der Fensterbank liegen sah, konnte ich ihm schon nicht mehr ganz so böse sein.

Lächelnd stand ich eine Weile später wieder an meinem vorherigen Arbeitsplatz und bereitete das Mittagessen zu. Dieser Schelm lachte sich jetzt bestimmt wieder eins in sein Katerfäustchen und beglückwünschte sich im Geheimen zu diesem grandiosen Fang. Eigentlich hätte er nun zur Strafe kein Abendfutter verdient. Doch letztendlich brachte ich es, als es soweit war und Pooky bereits wieder so tat, als würde er seit Tagen kein Krümelchen Futter zu sich genommen haben, auch nicht fertig, ihm gar nichts zu geben. Der Schlawiner verstand es immer wieder, mich mit seinem treuherzigen Blick und seinem jammervollen Maunzen um die Pfote zu wickeln.

Die Killeramsel

Wieder einmal war es Frühling geworden. Die Vögel begrüßten fröhlich zwitschernd die wärmeren Tage und ließen ihren Frühlingsgefühlen freien Lauf. Spielend flatterten Blau- und Kohlmeisen mit ihren Partnern durchs Geäst von Baum und Strauch, und Herr Sperling tschilpte pausenlos seine kurzen Strophen von der Dachrinne unseres Hauses in die frühlingshafte Welt.

Auch Frau Amsel war eifrig und fleißig unterwegs. Immer wieder tauchte sie mit einem Schnabel voller Nistmaterial in unserer Nähe auf. Wohin sie damit jeweils verschwand, blieb mir noch eine ganze Weile verborgen. Doch irgendwo unweit unserer Terrasse musste sie einen Platz für ihr Nest gefunden haben. Darauf deutete auch das Verhalten von Herrn Amsel hin, der uns oft aus nächster Nähe ein Morgen- oder Abendständchen brachte.

Was uns Menschen sehr angenehm in den Ohren klang, machte unseren Kater fast irre. Wie konnte sich dieser schwarze Vogel erfrechen und vor seiner Nase laut singend sein Vogelrevier markieren. Kaum hatte sich der Sänger im schicken Frack auf seinem Lieblingsbaum für die nächste Arie postiert, sprang unser Pookybär auf eines der Schuppendächer auf unserem Hof, schlich sich, so nah es ihm möglich war, an den singenden Künstler heran und ließ ihn keine Sekunde mehr aus den Augen. Doch der

Platz des Sängers war gut gewählt und für unser pelziges Raubtier nur schwer erreichbar. Dem Kater blieb nur, den Gesang des Amselmannes mit seiner katereigenen Schnattermelodie zu begleiten. Der Opernsänger jedoch fühlte sich durch seinen vierbeinigen Fan noch mehr angespornt und setzte jeweils am Ende seiner hübschen Melodie noch einen Extra-Triller drauf. Manchmal glaubte ich fast, den schwarzen Federball amüsiert lachen zu hören, wenn er nach seiner Gesangseinlage im Tiefflug mit einem letzten Tüdelüt über die Zuschauertribüne hinwegzischte.

Frau Amsel sammelte, während ihr Gatte unseren Kater ablenkte, weiter fleißig ihr Nistmaterial und dann war sie auf einmal verschwunden. Ob das Nest fertig war und sie nun damit zu tun hatte, es mit ihren hübschen grünlichen mit braunen Sommersprossen besprenkelten Eiern auszustatten? Eine Weile würde es wohl noch dauern, bevor wir etwas genauer würden beobachten müssen, was unser Kater trieb. Gut zwei Wochen würde die Amseldame zum Ausbrüten der Eier brauchen.

Nach dem Schlüpfen der Jungen versorgen die Eltern ihren Nachwuchs gewöhnlich noch weitere zwei bis drei Wochen mit Futter. Richtig flügge sind die kleinen Federbälle erst mit etwa achtzehn Tagen. Doch leider verlassen gerade Amseljunge das Nest oft schon, bevor sie überhaupt richtig fliegen können. So fallen viele von ihnen oft auch Katzen oder anderen Räubern zum Opfer. Wir würden also aufpassen müssen, dass nicht ausgerechnet unser Kater sich an den kleinen Amseln vergreifen würde. Uns stand mit Sicherheit eine aufregende Zeit bevor.

Doch vorläufig waren Amselmann und Kater weiterhin mit Gesang und Zuschauergeschnatter beschäftigt. Damit hatten die beiden so sehr zu tun, dass unserem Kater weiterhin verborgen blieb, wo Frau Amsel ihr Kinderzimmer eingerichtet hatte.

Während der nächsten zwei, vielleicht waren es auch drei, Wochen sah ich Frau Amsel ab und zu auf dem Rasenstück hinter unserem Haus einen kleinen Regenwurm-Imbiss nehmen. Das Brutgeschäft war anstrengend und natürlich musste sie zwischendurch auch einen Happen Futter zu sich nehmen. Herr Amsel stand seiner Gattin nämlich weder beim Brüten noch als Schnabelschenk hilfreich zur Seite. Er hatte seiner Meinung nach mehr als genug mit der Verteidigung des Reviers und seinem damit verbundenen Gesang zu tun. Schick musste er natürlich dabei auch immer noch aussehen. Also verbrachte er den Rest des Tages mit Gefiederpflege und Futtern.

Je näher jedoch der Tag heranrückte, an dem der Amselnachwuchs das Licht der Welt erblicken sollte, umso öfter musste unser fröhlicher Sänger seinen künstlerischen Vortrag unterbrechen, um am Nest und bei seiner Gattin vorbeizuschauen. Schließlich wollte er wissen, ob schon ein Amseljunges nach ihm rief, denn dann würde auch er gefragt sein. Wohin er dazu jeweils flog, blieb auch jetzt noch ein Geheimnis für mich. Doch scheinbar hatte der werdende Vogelpapa noch genug Zeit, um zu singen, sich zu putzen und sich damit auch ein wenig seelisch und moralisch auf das Amselvaterwerden vorzubereiten. Selbst bei den Amseln gilt: Vater werden ist nicht schwer, Vater sein dagegen sehr.

Dann war es plötzlich soweit. Ich beobachtete Frau Amsel wieder einmal bei ihrer Suche nach Regenwürmern. Dieses Mal aber verschwanden diese nicht vollständig in ihrem Schnabel. Dieses Mal zerteilte sie das aus dem Boden gezupfte Gewürm in schnabelgerechte kleine Stückchen, sammelte anschließend alles wieder ein, und war der Schnabel richtig schön mit Wurmüberhang gefüllt, flog sie auf unseren Badanbau zu. Erstaunt schaute ich ihr hinterher. Hatte sie denn so nah an unserem Haus gebaut, quasi in Reichweite einer Katze?

Als die braune Amseldame wieder davonflog und wenig später auf der großen Wiese im Park landete, nutzte ich die Gelegenheit und schaute vorsichtig um die Hausecke und auf die Wand, auf die die Amseldame zugeflogen war. Tatsächlich entdeckte ich nach etwas längerem Suchen in dem Gewirr von Kletterpflanzen, das die Wand bedeckte, ein Nest. Frau Amsel hatte sich ein recht geschütztes Plätzchen unter dem Dachüberhang des Anbaus für ihre Kinderstube ausgesucht. Es lag sonnig und zugleich regengeschützt. Hoffentlich würde unser Kater es nicht entdecken. Es täte mir in der Seele weh, wenn dem Amselnachwuchs ausgerechnet durch unseren vierbeinigen Mitbewohner ein Unheil geschehen würde. Wir müssten Pookys Schritte demnächst wohl etwas genauer überwachen.

Unser Kater aber hatte scheinbar von dem Nestbau ganz in seiner Nähe gar nichts mitbekommen und somit bisher auch nicht bemerkt, dass Frau Amsels Kinder für ihn förmlich auf dem Präsentierteller saßen. Schließlich flatterten zu dieser Jahreszeit überall Vögel umher, und meistens sprang Pooky ohnehin von unserer Terrasse aus gleich auf den gegenüberliegenden Schuppen und unternahm von dort aus seinen jeweiligen Reviergang. So betrachtet war er meistens weit entfernt vom Amselnest an unserer Hauswand. Andererseits riefen die Amseljungen noch nicht lauthals nach Futter. Doch bald würden die kleinen Federbälle nicht mehr zu überhören sein, wenn die Eltern das Nest anflogen. Es blieb zu hoffen, dass sich Frau und Herr Amsel, sobald unser Kater in Sichtweite war, mit dem Anfliegen des Nestes zurückhalten würden, bis die grauweiße Gefahr wieder verschwunden wäre.

Tatsächlich wurde Pooky auch in den nächsten zwei Wochen, obwohl die Vogeleltern das Nest recht häufig mit unübersehbar vollen Schnäbeln anflogen, und die kleinen Nestlinge immer lauter Futter einforderten, nicht auf das Amselnest mit den fünf Vogelkindern aufmerksam.

Doch dann war offensichtlich der Tag gekommen, an dem der Vogelnachwuchs meinte, nun über den sicheren Nestrand hinaushüpfen zu müssen. Jetzt ging für die Eltern erst der eigentliche Stress los. Entsprechend aufgeregt waren sie unterwegs. Einerseits mussten sie für Futter

sorgen, andererseits aufpassen, dass den kleinen Amseln nicht irgendein Unheil geschah.
Jäger, die auf einen appetitlichen Jungvogel aus
waren, gab es mehr als genug. Die Vogelkinder
waren noch dumm und unbeholfen, und somit
war die Sorge der Eltern um ihren Nachwuchs
nicht unbegründet.

Ich hatte wie gewöhnlich das Fenster vom Bad
geöffnet und unser Kater nutzte auch sofort die
Gelegenheit, sprang hinaus und begann mit
seinem täglichen Reviergang. Wie jeden Tag
nahm er zunächst den Weg von unserer Terrasse aus über die nahen Schuppendächer, um zu
schauen, wer sich während seiner Ruhezeit auf
seinem neuen Schaukelstuhl durch sein Revier
geschlichen hatte. Den Schaukelstuhl hatte mein
Mann zwar mir zugedacht, doch unser plüschi-
ger Mitbewohner muss das anders verstanden
haben. Er besetzte ihn vom ersten Tag an, als
wäre der Stuhl eigens für ihn ins Haus gekommen. Ich kam mehr als selten in den Schaukel-
stuhlgenuss. Was tut man nicht alles für seine
vierbeinigen Mitbewohner.

Jedenfalls war ich, als Pooky von seinem Reviergang zurückkam, gerade dabei, mich um
meine Blumenkästen auf der Terrasse zu küm-

mern. Lässig schlenderte unser Kater über das Dach vom gegenüberliegenden Schuppen.

Auf einem der Wäschepfähle im Hof saß Frau Amsel. Bereits mit mir hatte sie heftig geschimpft, als ich mich mit der Gießkanne an meinen Geranien zu schaffen machte. Was hatte der braune Federball heute nur? Sonst war es ihm doch völlig egal, ob ich auf der Terrasse war oder nicht. Und jetzt machte Frau Amsel plötzlich einen solchen Aufriss? Als sie dann auch noch den Kater über das Dach näherkommen sah, flippte sie völlig aus. Mit lautem Gezeter flog sie auf und schoss auf den verdutzten Kater zu. Erschrocken duckte der sich platt aufs Schuppendach, während die Amseldame im Tiefflug über ihn hinwegzischte. Als unser Pelztier meinte, die Gefahr wäre vorüber, setzte es seinen Weg Richtung Terrasse fort. Die Amsel aber hatte nur einen Bogen geflogen und sauste erneut unter lautem Geschrei, dieses Mal von hinten, auf Pooky zu. Der duckte sich wie zuvor und schaute dem irren Vogel erstaunt hinterher. Ich war nicht weniger verwundert und betrachtete beeindruckt die Angriffe des gefiederten braunen Tiefliegers.

Unser Kater hatte es inzwischen geschafft, vom Schuppendach auf die Mauer, die unsere Terrasse umgab, zu springen und war nun unterwegs zum offenen Badfenster, als Frau Amsel einen erneuten Angriff wagte. Inzwischen empfand ich ihre Attacken als ganz schön todesmutig, denn wenn sich Pooky vom ersten Schrecken erholt haben würde, könnte es durchaus um die mutige Vogelfrau geschehen sein. Unserem Kater ging dieser alberne Vogel bereits sichtbar auf die Nerven.

Nur weg von der irren Amsel und rein ins sichere Heim! Pooky setzte von der Mauer zum Sprung auf den gegenüberliegenden Badfenstersims an. Die Amsel muss der Meinung gewesen sein, der Feind wäre noch nicht endgültig vertrieben. Sie flog nochmals eine enge Kurve und zischte ein weiteres Mal hinter Pooky her, der gerade dabei war, ins Bad hineinzuspringen. Als ich Frau Amsel auf das Badfenster zupreschen sah, glaubte ich noch, sie würde vor dem Fenster wieder abdrehen. Auch der Kater muss angenommen haben, er wäre in unserem Bad endlich sicher vor der Kampfamsel. Doch die war so gar nicht mehr zu bremsen und sauste unter lautem Kampfgezeter durch das offene Fenster dem Kater hinterher. Der duckte sich kurz, drehte sich um und visierte die Amsel an. Ich befürchtete schon, dass in diesem Moment das letzte Sekündlein der Amsel geschlagen hätte. Der Vogel jedoch machte eine kurze Kehrtwendung und sauste mit Wahnsinnsgeschwindigkeit wieder aus dem Fenster. Während der kämpferische Federball zum erneuten Anflug startete, drückte sich Pooky durch den schmalen Türschlitz vom Bad hinüber auf unseren kleinen Zwischenflur. Schnell langte ich von außen durchs offene Fenster und schloss die Tür hinter dem Kater vollständig, bevor die Amsel vielleicht noch auf ganz dumme Gedanken kam. Anschließend zog ich kopfschüttelnd auch noch das Fenster vom Bad zu.

Was war geschehen? Frau Amsel zeterte noch eine ganze Weile, jetzt scheinbar wieder mit mir. Ich aber blieb, wo ich war, denn es interessierte mich brennend, was den Vogel so angriffslustig gemacht hatte. Irgendwann hatte sich die Vogeldame endlich wieder beruhigt. Schließlich flatterte sie von ihrem Hochsitz, dem Wäschepfahl, auf die Rasenfläche auf unserem Hof und suchte nach Würmern. Und auf einmal wusste ich, was sie so närrisch gemacht hatte. Plötzlich flatterte nämlich von irgendwoher ein Gelbschnabel auf sie zu und riss, kaum, dass er vor ihr saß, den Schnabel sperrangelweit auf.

Der Vogelnachwuchs hatte sich also hinaus ins feindliche Leben aufgemacht. Jetzt wunderte mich gar nichts mehr. Wir würden Pooky die nächsten Tage Hausarrest verordnen müssen. Die kleine Amsel flatterte nämlich mehr, als dass sie fliegen konnte. Wahrscheinlich war sie auch eines der übereifrigen kleinen Amselkinder, die die Welt erobern wollten, ohne jedoch schon richtig fliegen zu können. Ein paar Tage würde es wohl dauern, bis der kleine braune Federball soweit war, dass er fliegend flüchten könnte, wenn sich Gefahr in Form einer Katze näherte. Die Hauptsache war, das kleine Amselvolk fiel nicht irgendeiner anderen Katze zum Opfer. Aber wenn wir unser Raubtier zeitweilig wegsperren würden, lauerte schon eine Gefahr weniger.

Pooky verstand zwar gar nicht, warum er plötzlich Hausarrest hatte, aber damit musste er leben. Er ging uns die folgenden Tage furchtbar auf die Nerven, weil er immer wieder versuchte, uns zu überreden, Fenster oder Türen für ihn zu öffnen. Doch wir hielten seine Quengelei den Amselkindern zuliebe standhaft aus.

Rosinen im Kater

Wieder einmal war eine Arbeitswoche geschafft und ein schönes langes Wochenende stand uns bevor. Bereits am Freitagabend hatte ich nicht nur über einen Kuchen nachgedacht, ich hatte mich zwischen Feierabend und Abendessen sogar gleich noch an die Arbeit gemacht und einen Hefeteig für einen Topfkuchen zusammengerührt – einen Topfkuchen mit Rosinen, so wie ihn schon meine Großmutter oft gebacken hatte. Noch heute bin ich davon überzeugt, dass sie den besten aller Hefekuchen, die ich jemals gegessen habe, backen konnte, obwohl auch der Kuchen meiner Mutter sich durchaus mit Omas messen konnte. Nun ja, was den Kuchen großmütterlicherseits betrifft, könnte ich auch sagen, dass es keine Kunst war, derart leckeren Hefekuchen zu zaubern, denn meine Großmutter brachte den fertigen Kuchenteig samt Blech bzw. Backform jeweils zum Bäcker in ihrem Dorf. Dort wurde der Kuchen dann im richtigen Bäckerbackofen gebacken. Nach dem Backen holten wir die wundervoll duftenden Kuchenprachtstücke wieder ab. Am liebsten hätte ich schon gleich beim Bäcker ein Stück in den Mund geschoben. Dieser herrliche Duft nach frischem Hefekuchen liegt mir immer noch in der Nase. Er war einfach unwiderstehlich.

Der Backofen spielt sicher eine wichtige Rolle, aber letztendlich kommt es nicht nur auf den Ofen an, das Rezept muss auch stimmen und schließlich muss man, so wird jedenfalls immer wieder behauptet, ein Händchen für Hefeteig haben. Aber wahrscheinlich wurde genau dieses Händchen für Hefekuchen allen Frauen unserer Familie bereits in die Wiege gelegt. Auch der Kuchen meiner Mutter war immer wieder ein Renner und schneller verschlungen, als auf den Kaffeetisch gebracht. Selbst meiner ist, auch wenn das jetzt eingebildet klingen mag, immer wieder ein köstlicher Leckerbissen. Und genau das hatte wohl auch unser Kater Pooky entdeckt.

Mein Hefeteig war schnell angerührt und dann durfte er über Nacht gehen. Am Samstagvormittag müsste ich ihn noch einmal durcharbeiten, erneut kurz gehen lassen und dann ab mit ihm in den Ofen. Das klappte auch alles perfekt, und so stand mein verführerisch duftender Topfkuchen am Samstagvormittag in der Küche und wartete auf seinen Einsatz zur nachmittäglichen Kaffeezeit.

Immer wieder musste ich das eine oder andere Leckermäulchen von meinem Kuchen vertreiben. Hätte ich das nicht getan, hätten wir am Nachmittag nur noch auf leere Teller gestarrt. Außerdem musste der Kuchen noch ein wenig auskühlen, obwohl er eigentlich ganz frisch aus dem Ofen am besten schmeckt. Am liebsten hätte ich mir selbst schon vorfristig ein Stück abgeschnitten und es verzückt verschlungen. Wenn ich das getan hätte, hätte das letzte Stündlein des Kuchens noch am Vormittag geschlagen, denn wie hätte ich dem Rest der Familie verbieten können, sich ebenfalls zu bedienen, wenn ich nicht mit gutem Beispiel voranging? Ich widerstand also tapfer.

Der Kuchen stand, während ich mich dem Zubereiten des Mittagessens widmete, auf einem kleinen Beistelltischchen in der Küche. Zu Mittag sollte es Senfeier geben, ein Gericht, das bei sämtlichen Familienmitgliedern immer gut ankam. Außerdem war es recht schnell zubereitet, sodass wir uns bereits wenig später zur samstäglichen Mittagsmahlzeit in unserem kleinen Esszimmer zusammenfinden konnten.

Pooky saß derweil bei Fuß, mal bei dem einen, dann wieder bei dem anderen, immer in der Hoffnung, dass auch für ihn etwas abfallen würde. Obwohl … Senfeier waren eigentlich nicht so sein Fall. Aber man konnte es ja einfach mal versuchen, denn ein wenig vom leckeren Eigelb wäre so schlecht nun auch wieder nicht. Dass es gewöhnlich vom Tisch nichts gab, ignorierte unser Kater bereits seit Jahren. Wahrscheinlich meinte er: Steter Tropfen höhlt den Stein. Aber auch dieses Mal war er seinem Ziel, vielleicht irgendwann einen Sitzplatz und ein Tellerchen an unserem Tisch zu erhalten, kein Stückchen näher gekommen. Angeblich, wie schon so oft, kurz vor dem Hungertod stehend, rannte er, als wir mit dem Essen fertig waren und mit dem Abräumen begannen, maulig seinen Unmut bekundend, uns vor den Füßen rum. Ich hatte den Verdacht, er wollte sich rächen und versuchte nun, zumindest einen von uns für seine Futterselbstsucht zu bestrafen, indem er ihn zu Fall bringen wollte. Doch dieses Vorhaben gelang wieder einmal nicht, und der Kater machte sich beleidigt über ein paar restliche Trockenfutterkrümel in seinem Futternapf her.

*

Seine Menschen waren manchmal einfach gemein zu ihm. Sie hätten ihm ruhig ein wenig von dem herrlichen Eigelb abgeben können. Lustlos saß er vor seinem Schüsselchen und fraß die letzten Krümel seines

Trockenfutters auf. Vielleicht würde es helfen, wenn sie sehen würden, dass er nichts, aber auch gar nichts mehr auf seinem Futterteller hatte. Das würde hoffentlich ihr Herz erweichen und wenn schon kein Eigelb mehr da wäre, könnte auch ein Stückchen Wurst oder Käse seine Stimmung wieder heben. Traurig blickte er einen nach dem anderen an. Aber seine Menschen taten allesamt so, als könne er vollauf zufrieden sein. Am Ende würden sie ihn noch dafür loben, dass er das blöde Trockenfutter bis auf das letzte Krümelchen aufgefressen hatte. Dabei hatte er gehofft, dass ein leeres Schüsselchen ihr Mitleid hervorrufen würde und sie es nicht würden mit ansehen können, wie er, der arme Kater, darben musste.

Nun gut, wenn hier keiner erkennen würde, wie schlapp er bereits vor lauter Hunger war, musste er die Sache selbst in die Pfote nehmen. Schade nur, dass er immer noch nicht herausbekommen hatte, wie er von diesem brummenden weißen Teil die Tür öffnen konnte. Hinter dieser Tür verbarg sich nämlich in seinen Augen der Schlüssel zur Glückseligkeit. So viele leckere Dinge waren darin versteckt. Welch herrliche Vorstellung, darin einmal so ganz aus Versehen eingesperrt zu werden. Aber leider passten sie immer viel zu gut auf, dass eben gerade das nicht passierte. Der Kühlschrank mit seinen

Leckereien war wohl wieder einmal keine Option, um seinen sich so leer anfühlenden Bauch zu füllen.

Was aber roch seit heute Vormittag so angenehm in der Küche? Seine Nase wanderte interessiert in die Höhe. Dieser Duft, kam der nicht von dem Tischchen über ihm? Es roch zwar nicht direkt nach dem, was sonst sein Katerherz vor Freude hüpfen ließ, aber irgendwie interessant war der Duft schon. Ob er mal nachschauen sollte? Das Tischchen war zwar verbotenes Terrain für ihn, wie seine Menschenfrau bei jeder unpassenden Gelegenheit betonte, aber jetzt war sie gerade nicht in der Küche. Sie würde es gar nicht merken, wenn er schnell nachschauen würde, was dort so verführerisch duftete. Und schwups war er oben auf dem Tischchen und ganz nah an dem leckeren Duft. Ob er einmal probieren sollte? So etwas hatte er bisher noch nie gegessen. Wann auch? Es hatte sich noch keine Gelegenheit ergeben, weil ständig alles schnell in die Schränke geräumt wurde. Wahrscheinlich traute einer dem anderen nicht über den Weg. Jeder hatte Angst, dass der andere ihm etwas wegfraß. Warum sonst stellte seine Menschenfrau immer alles so zügig in den Schrank?

Da saß er nun vor dem so unwiderstehlich appetitlich duftenden Hefetopfkuchen und schnüffelte vorsichtig an ihm herum. Hmmmm, was waren das für kleine dunkle Punkte, die überall klebten? Gerade sie rochen ganz besonders lecker. Er konnte nicht an-

ders, vorsichtig biss er in eins hinein. Mau, es schmeckte nicht wie das übliche Futter, aber doch überaus interessant. Ob er noch eins von diesen kleinen süßen Teilchen probieren sollte? Seine Menschenfrau würde es gar nicht merken, dass davon einige fehlten.

*

So dachte der Schelm aber auch nur. Es war nämlich dumm gelaufen, denn genau in dem Moment, als Pooky verzückt in eine Rosine biss, kam ich in die Küche. Ich glaubte, meinen Augen nicht trauen zu können. Was war denn in den Kater gefahren? Wollte er uns jetzt auch noch den Kuchen wegfressen? Das war bisher das Einzige gewesen, das ihn nicht interessiert hatte, wenn wir etwas aßen. Das war doch ganz sicher wieder so ein Racheakt, weil er nichts vom Mittagstisch abbekommen hatte. Oder ob ihm die Rosinen, denn scheinbar hatte er nur die aus dem Kuchen gepolkt, wirklich geschmeckt hatten?

Wenn ich es recht bedachte, konnte das durchaus sein, denn sein Vorgänger Schnups liebte Rosinen über alles. Als ich einmal Studentenfutter knabberte, kam Schnups eilig zu mir gelaufen und bettelte um ein Stück davon. Die Nüsse hatte ich derweil alle verspeist. Nur einige Rosinen waren noch übrig. Grinsend hielt ich ihm eine davon hin, in der Annahme, er würde sich gleich empört davon abwenden. Weit gefehlt, er fraß sie gierig auf und verlangte mehr davon. Ich konnte es gar nicht glauben und schaute den Kater fassungslos an. Von da an hatte er eine ganz besonders feine Nase für Rosinen. Diese Leckerbissen ließ er sich nie entgehen. Warum also sollte Pooky diese Vorliebe nicht teilen? Wer weiß, was Rosinen Katerverführerisches an sich haben?

Doch dass Pooky uns jetzt die Rosinen aus dem Kuchen stahl, das ging ja nun gar nicht. Empört stürzte ich auf den Vielfraß zu und jagte ihn vom Tischchen und weg von dem Topfkuchen, auf den wir alle uns schon so gefreut hatten. Jetzt ärgerte ich mich richtig, dass wir ihn nicht bereits am Vormittag, warm und lecker, wie er da noch gewesen war, niedergemacht hatten.

Würde ich den Kuchen jetzt noch essen wollen, wo ich wusste, der Kater hatte ihn vielleicht rundum abgeschleckt? Würde ich ihn meiner Familie reinen Gewissens noch zum Kaffee präsentieren können? Nein, irgendwie konnte ich das nicht. Ich ärgerte mich wieder einmal maßlos über unseren verfressenen pelzigen Mitbewohner. Doch schuld war ich eigentlich wieder einmal selbst. Warum hatte ich den Kuchen nicht katersicher irgendwo anders auskühlen lassen? Es hätte genug Möglichkeiten gegeben. Kurzentschlossen nahm ich den Kuchenteller zur Hand, ging damit zum Mülleimer und schüttete den so lecker duftenden Hefekuchen hinein. Was soll's, am Nachmittag würde es statt Hefekuchen eben frisch gebackene Waffeln geben.

Wenn die Katze einem Seltenes bringt

Katzen hatten auf dem Bauernhof meiner Groß-eltern noch eine Aufgabe, nämlich die, dafür zu sorgen, dass die Mäuse in Stall und Hof nicht überhandnahmen. Als Gegenleistung hatten sie einen trockenen Schlafplatz auf dem Heuboden oder irgendwo im Stall ein warmes Plätzchen im Stroh bei Pferden, Kühen, Ziegen oder Scha-fen. Nach dem Melken von Kühen und Ziegen gab es obenauf sogar noch eine kleine Kostpro-be der Milch. Und wenn die Hofkatzen Glück hatten, war vom Mittagessen der Menschen noch etwas übrig geblieben. Regelmäßig kamen diese Mittagsgaben jedoch nicht, schließlich sollten sich die Katzen um die Mäuse kümmern. Das taten sie natürlich auch fleißig. Täglich ein Tellerchen Milch und alle paar Tage ein Mittagsrest reichten nicht aus, um satt zu werden. Der knurrende Magen allein sorgte schon dafür, dass die Katzen auf Mäusejagd gingen.

Zu den Beutetieren der Katzen zählen aber in der Regel nicht nur Mäuse. Auch allerlei Insekten stehen auf ihrem Speiseplan, mitunter auch Fische und sogar Frösche, Eidechsen und leider auch der eine oder andere Vogel. Unter den Vögeln fallen oft nur alte oder kranke einer Katze zum Opfer, nur in der Brutzeit trifft es auch Jungvögel. Jeder, der sein Leben mit Freigängerkatzen teilt, weiß, dass die Katze bei der Jagd nur ihrem Instinkt gehorcht. Sie muss normalerweise jagen, um zu überleben. Wenn sie etwas gegen die Mäuseplage in Garten oder Schuppen tut oder eine Maus, die sich ins Haus verirrt hat, fängt, sind wir sogar begeistert. Mäuse, besonders, wenn es viele sind, können schnell lästig werden.

Wenn unsere Katze nun aber auch einmal einen Vogel nach Hause trägt, hält sich unsere Begeisterung sehr schnell in Grenzen. Die Katze in dem Falle zu beschimpfen, das wäre nicht in Ordnung. Aus ihrer Sicht hat sie nichts Unrechtes getan. Unser pelziger Jäger tut nur, was eine Katze tun muss, sie jagt. Für die Katze gibt es keinen Unterschied zwischen Maus und Vogel. Für sie ist die Maus nicht der Schädling schlechthin, den man fangen und fressen darf, und der Vogel der Nützling, der geschont werden muss. Beute ist Beute, die unter normalen Umständen, wenn die Katze für sich selbst sorgen muss, wichtig für das eigene Überleben ist. Dass unser Stubentiger nicht ums tägliche Überleben kämpfen muss, steht auf einem anderen Blatt.

Auch unsere Katzen haben im Laufe unseres Zusammenlebens mitunter einen Vogel mit nach Hause gebracht. Immer tat es mir in der Seele weh. Und wie war ich froh, wenn das Vögelchen noch am Leben war und ich es wieder wohlbehalten in die Freiheit entlassen konnte. Dabei ist es gar nicht so einfach, dem Jäger seine Beute abzunehmen, es sei denn, er hat sie extra für uns als Geschenk mitgebracht. Meistens aber gibt er sie nicht gern her. Mit Lob, Ruhe und Geduld klappt es nach meiner Erfahrung aber am besten. Wird die Beute schließlich stolz abgelegt, hat man schon fast gewonnen. Jetzt muss man nur selbst beherzt zugreifen, bevor es die Katze ein weiteres Mal tut. Nicht nur einmal konnte ich so noch manches Vögelchen retten.

Wichtig ist allerdings, dass der Vogel den erlittenen Schock überwinden kann. Wenn es gelingt, dem armen Opfer dabei zu helfen, ist viel gewonnen. Kleine Hilfsmittel, wie ein Tröpfchen eines Bachblütenextraktes, können Wunder bewirken. Sie beruhigen und entspannen den Vogel. Ist das geschafft, kann man in der Regel hoffen, dass der Vogel wieder zurück ins Leben starten und das nächste Mal besser aufpassen wird, wenn eine Katze in der Nähe ist. Glücklicherweise sind Vögel normalerweise immer ein bisschen schneller als eine jagende Katze. In der Mehrzahl der Fälle entkommen sie dem Jäger noch rechtzeitig. Leider nicht immer.

Auch Pooky hatte sehr zu meinem Leidwesen ab und zu Jagdglück in der Vogelwelt. Vögel mag ich mindestens ebenso gern wie Katzen. In meinem Leben begleitete mich nicht nur einmal ein flauschiger Federball, mitunter waren es auch mehrere gleichzeitig. Unter ihnen waren Kanarienvögel, Wellensittiche, Japanische Mövchen und nicht zuletzt die kleinen quirligen Zebrafinken. Wir haben sogar eine bei Sturm aus dem Nest gefallene Ringeltaube aufgezogen und ein Amseljunges aufgepäppelt. Beide konnten wir schließlich gesund, munter und wohlgenährt in die Freiheit entlassen.

Wenn man dieses kleine Federvölkchen liebt, es begeistert beobachtet und sich über jede neue Art freut, die man bisher nur aus Büchern kannte, und die man vielleicht sogar auf einmal im eigenen Garten entdeckt, dann trifft es einen schon arg, wenn der pelzige Mitbewohner plötzlich ein solches kleines Federbällchen von seinen Jagd- und Streifzügen mit nach Hause bringt.

So kam Pooky eines Tages eilig durch das offene Badfenster geschossen, als ich gerade dabei war, in unserem kleinen Flur zwischen Bad und Esszimmer das Blaue Wunder unseres Katers zu reinigen. Im ersten Moment glaubte ich, unser Plüschlöwe musste, weil er es so eilig hatte, dringend auf sein Trockenklo. Doch dann sah ich die Bescherung. Er hatte etwas Weißes, Fedriges im Maul. Mir stockte fast der Atem. Er hatte einen Vogel gefangen. Der arme Federball klimperte ängstlich mit den Augen. Er lebte also noch. Ob ich ihn noch würde retten können? Ein Gedanke nach dem anderen raste mir durch den Kopf. Wie nur konnte ich Pooky seine Beute abnehmen?

Während ich noch fieberhaft grübelte, erledigte sich das Problem fast von selbst, denn unser Kater wollte mir seine Beute wohl vor die Füße legen. Die aber flatterte in dem Moment los, als Pooky sein Maul öffnete. Reflexartig packte ich im gleichen Moment unseren Kater und sperrte ihn nach nebenan ins Esszimmer. Danach widmete ich mich dem Vögelchen. Ich staunte nicht schlecht. Pooky hatte eine Rarität mitgebracht – eine Schwanzmeise. Bisher kannte ich Schwanzmeisen nur von Abbildungen aus Büchern.

Hoffentlich war das Tierchen unverletzt geblieben. Auf jeden Fall konnte es noch fliegen. Es flatterte nun hektisch in unserem kleinen Flur umher. Kein Wunder, es hatte Angst, erneut ergriffen zu werden. Der kleine Federball war Panik pur.

Ich blieb zunächst ganz still stehen und hoffte, dass sich der Vogel beruhigen würde. Nach einer Weile aufgeregten Flatterns blieb er tatsächlich an einer Stelle sitzen, beäugte mich aber ängstlich.

Derweil kratzte unser Kater an der Tür und maunzte fordernd um Einlass. Schließlich hatte er den Vogel gefangen. Ganz klar, dass er ihm auch zustand. Doch den Zahn würde ich ihm ziehen müssen. Der Kater würde bleiben, wo er war.

Inzwischen hatte ich mich Millimeter um Millimeter an der kleinen Schwanzmeise vorbei ins Badezimmer gedrückt. Ein Handtuch musste her, das ich über den Federball werfen könnte. Ich wollte mich gern davon überzeugen, dass das Tierchen wirklich keine Verletzungen davongetragen hatte.

Einen Augenblick später hatte ich das Vögelchen, ehe es reagieren konnte, mit dem Tuch zugedeckt. Den Vogel anschließend vorsichtig in die Hand zu nehmen, war für mich eher unproblematisch, hatte ich doch durch meine zahlreichen gefiederten Mitbewohner im Laufe der Zeit genug Geschick im Vogelfangen entwickelt.

Nach eingehender Betrachtung war ich mir sicher, die Schwanzmeise hatte nicht einmal einen kleinen Kratzer davongetragen. Einen Moment hielt ich sie noch in der warmen Hand, dann öffnete ich langsam die Tür zur Terrasse und ging mit dem Federbällchen nach draußen. Nun kam der spannende Moment. Wenn der Vogel allein davonfliegen würde, wäre wohl alles noch einmal gut ausgegangen. Ganz sacht löste ich meine Finger vom winzigen Vogelkörper, sodass das Vögelchen frei auf meiner flachen Hand sitzen konnte. Einen Augenblick saß es da, schaute sich ein bisschen verdutzt um, dann flatterte es plötzlich los. Es verabschiedete sich mit einem richtigen kleinen Jubelschrei von mir, der mein Herz vor Rührung ganz warm werden ließ. Das war wohl doch noch einmal gutgegangen. Lächelnd schaute ich der kleinen Schwanzmeise hinterher. Wenig später war sie zwischen den Bäumen im Park hinter unserem Haus verschwunden.

Die Katze am Fenster

Draußen war herrliches Wetter. Herbstwetter, wie es im Buche steht, noch angenehm warm, sonnig, die ersten Blätter der Bäume bereits goldig und rot leuchtend, Wetter, das noch einmal dazu einlud, unter freiem Himmel Licht und Wärme zu tanken. Vielleicht die letzte Möglichkeit dafür, bevor die kalte Jahreszeit wieder ihre undurchsichtige graue Nebeldecke über die Landschaft werfen würde.

Ein kleiner Herbstspaziergang am Strand entlang würde bei diesem Wetter nicht nur Spaß machen, er würde uns auch rundum guttun. Mein Mann und ich überlegten also nicht lange, wir griffen unsere Jacken, schlüpften hinein und schon standen wir vor der Haustür. Genießerisch sogen wir die würzige Herbstluft ein, gingen vor zur Straße, überquerten sie und stiegen die wenigen Treppenstufen zur Strandpromenade hinauf. Von dort liefen wir in westlicher Richtung weiter. Am letzten Strandaufgang wollten wir hinunter zum Strand wechseln, denn dort begann der steinige Teil des Strandes. Am reinen Sandstrand weiter vorn würden wir uns die Schuhe gnadenlos mit Sand vollschaufeln. Dazu hatten wir beide keine Lust.

In unserer Straße hatte sich seit dem großen politischen Umbruch 1989 so einiges getan. Etliche Häuser hatten alte und neue Besitzer gefunden, wurden umgebaut zu Ferien- oder Eigentumswohnungen. Die alteingesessenen Mieter mussten in vielen Fällen weichen. Uns drohte ein ähnliches Schicksal wie vielen anderen Bewohnern der Häuser nahe am Strand. Irgendwann würden auch wir das uns so liebgewordene Zuhause gegen ein anderes tauschen müssen. Aus einer solch erstklassigen Wohnlage wollte jeder Hausbesitzer möglichst viel Geld herausholen. Mietwohnungen würden bei Weitem nicht genug abwerfen. Die Häuser schrien geradezu nach Ferien- oder Eigentumswohnungen. Wohl dem, der nicht Mieter, sondern Eigentümer eines dieser Häuser in allerbester Wohnlage war - nur wenige Meter vom Strand entfernt. Wir anderen würden in absehbarer Zeit dieser herrlichen Gegend, die viele Jahre unser Zuhause war, den Rücken kehren müssen.

Einige der Häuser standen bereits leer, warteten auf den Umbau oder auf neue Besitzer. Eines davon, unweit von unserem Haus, stand schon eine ganze Weile verwaist da – eine hübsche Villa, die sicher nicht preiswert zu haben war.

Unser kleiner Nachmittagsspaziergang führte uns auch an diesem Haus vorbei. Wie immer, wenn wir daran vorüberliefen, schauten wir interessiert hinüber. Hatte sich vielleicht schon ein Käufer gefunden?

„Guck mal!", sagte ich zu meinem Mann. „In dem Haus dort drüben sitzt eine Katze im Fenster. Ob da inzwischen doch schon jemand wohnt?"

Gespannt schaute nun auch mein Mann zu dem Fenster, auf das ich zeigte.

Die Katze, die uns eben noch ihren Rücken zugewandt hatte, drehte sich auf einmal um und schaute nun in unsere Richtung. Man hätte tatsächlich denken können, sie würde dort wohnen und gerade die schöne Aussicht von ihrem

Lieblingsfensterplatz aus genießen. Und dann klappte uns beiden wohl unisono der Unterkiefer herunter. Wir kannten nämlich die Katze, die dort am Fenster saß. Sie war nicht die Katze eines neuen Hausbesitzers, der Plüschlöwe war schlicht und einfach ein Hausbesetzer. Er musste irgendwie ins Haus gelangt sein, durch eine offene Tür, ein offenes Fenster. Die Katze, die stolz und wie ganz selbstverständlich im Fenster dieses Hauses saß, so als würde sie dorthin gehören, war unsere Katze. Fassungslos blickten wir hinüber zu Pooky.

Ob es vielleicht eine Hausbesichtigung durch irgendwelche Kaufinteressenten gegeben hatte, bei der unser Kater mit ins Haus gehuscht und nun dort eingesperrt war? Für uns war das durchaus vorstellbar – neugierig, wie der Frechdachs stets war.

Am liebsten wäre ich sofort hinüber zum Haus gerannt, um der Sache auf den Grund zu gehen. Andererseits konnte ich mir nicht einfach Zutritt zu einem fremden Haus verschaffen. Unser Kater hatte in der Beziehung offensichtlich keine Bedenken. Mein Mann sah die ganze Angelegenheit ein wenig lockerer als ich. Er war der Überzeugung, dass unser Plüschlöwe schon wieder hinausfinden würde. Er hatte sicher irgendwo einen Eingang entdeckt, durch den er einfach ins Haus geschlüpft war. Pooky würde auch wieder hinauskommen.

Wir setzten unseren Spaziergang also erst einmal fort. Später konnten wir immer noch sehen, ob Handlungsbedarf bestand. Vielleicht sollten wir auch erst noch unsere Kinder befragen, ob es einen Zugang zu dem Haus gab, den unser Kater benutzt haben könnte. Kinder sind oft auch nicht weniger neugierig als Katzen. Wenn es eine Möglichkeit gab, ins Haus zu gelangen, würden sie sicher davon wissen. Beruhigt hatte mich mein Mann mit dieser Variante zwar nicht, aber manchmal brachte es vielleicht doch etwas, wenn man zunächst abwarten, ob sich das Problem nicht von allein lösen würde.

Als wir nach einer guten Stunde von unserer kleinen Strandwanderung zurück waren und wieder an besagtem Haus vorbeikamen, war der Fensterplatz leer. Jetzt konnte ich gar nicht schnell genug nach Hause kommen, schließlich wollte ich wissen, ob unser Kater inzwischen wieder daheim oder ob er ein Gefangener in dem fremden Haus war. Wenn Letzteres zutreffen würde, hätten wir ein Problem. Wir würden unseren Vierbeiner dann wohl befreien müssen. Nur wie?

Doch dieses Mal hatte ich mir ganz umsonst Sorgen gemacht. Als wir zu unserer Wohnungstür hereinkamen, lief uns der pelzige Hausbesetzer entgegen und beschwerte sich darüber, dass sein Futterteller nicht pünktlich gefüllt worden war. Wir mussten also keinen Befreiungsplan schmieden, um unseren Kater vor dem Hungertod zu retten.

Unsere Kinder klärten uns wenig später darüber auf, dass es zur Hofseite des Hauses ein kaputtes Fenster gäbe, durch das unser Kater wahrscheinlich wieder einmal eingestiegen war. Wieder einmal?

Ja, wieder einmal. Es handelte sich an diesem Tag nicht um Pookys erste Besichtigung des Hauses. Scheinbar saß er dort gern am Fenster und ließ sich von den Spaziergängern auf der Promenade bewundern. Durch ihn wussten auch unsere Kinder erst, dass es auf der Rückseite des Hauses eine zerbrochene Scheibe gab, die unser pelziger Schelm immer wieder als Einladung zu erneuten Hausbesuchen betrachtete.

Ob er dort wohl gerne gewohnt hätte? Das aber war und blieb eine reine Wunschvorstellung. Die Villa war für unseren Geldbeutel dann doch ein wenig zu groß gestrickt.

Abschied vom Paradies

Pooky hatte mit der Besichtigung der hübschen leerstehenden Villa in unserer Straße wohl eine Vorahnung gehabt. Wenige Wochen, nachdem wir ihn bei seiner Immobilienschau beobachtet hatten, bekamen wir Post vom neuen Besitzer unseres Hauses. Das, was wir gedanklich immer wieder verdrängt hatten, sollte nun auf uns zukommen. Wir würden uns ein neues Zuhause suchen müssen. Unser Haus sollte freigezogen und anschließend saniert werden. Ob daraus Ferien- oder Eigentumswohnungen entstehen sollten, stand noch nicht fest. Klar war allerdings für uns, dass wir uns eine Eigentumswohnung in einer solch exponierten Lage nicht würden leisten können. Auch wenn es schmerzte, würden wir uns von dieser uns so lieb gewordenen Gegend verabschieden müssen.

Obwohl wir uns eine Eigentumswohnung direkt an der Ostsee nicht würden leisten können, nach einem kleinen Häuschen im Grünen wollten wir durchaus Ausschau halten. Schweren Herzens machten wir uns auf die Suche nach geeigneten Objekten.

Wir klapperten zunächst die städtischen Angebote ab, danach schauten wir uns in den Dörfern der näheren und ferneren Umgebung um. Auf dem Lande waren Baugrundstücke eventuell etwas günstiger zu haben. Vielleicht würden wir sogar ein einzugsfertiges Haus finden.

Je länger wir suchten, umso niedergeschlagener wurden wir. Einmal gefiel uns die Lage nicht, dann wieder entsprach das Haus von seiner Größe her nicht unseren Vorstellungen. Ebenso passte der Kaufpreis oft nicht mit unserem Geldbeutel zusammen.

Nachdem wir einige Wochen von der einen Hausbesichtigung zur nächsten geeilt waren und uns unser Traumhaus immer noch nicht über den Weg gelaufen war, kam uns wieder einmal der Zufall zu Hilfe.

Als wir mit einem Bauträger in einem Dorf ganz in der Nähe nach einer weiteren Hausbesichtigung noch etwas ausführlicher ins Gespräch kamen, erfuhren wir, dass er uns noch etwas in einer kleinen Siedlung in unmittelbarer Stadtnähe anbieten könne.

Und plötzlich passte alles zusammen – die Lage, die Größe des Hauses. Sogar der Kaufpreis nahm uns für das Haus ein. Eigentlich hätte jetzt nur noch die Ostsee direkt vor der Haustür sein müssen.

Immerhin gab es den kleinen Trost, dass wir es trotz des neuen Wohnortes nicht sehr weit bis an die See haben würden - eine Viertelstunde mit dem Auto oder etwas länger mit dem Fahrrad. Wir müssten also nicht ganz auf das Wellenrauschen, die abends im Meer versinkende Sonne und das Möwengeschrei verzichten. Nur der Aufwand, zum Strand zu kommen, wäre etwas höher.

Meine Vorfreude auf das neue Zuhause hielt sich allerdings ein wenig in Grenzen. Ein Haus direkt am Meer war immer mein Traum gewesen, ein Traum, der eines Tages sogar Wirklichkeit geworden war, wenn auch nicht mit einem eigenen Haus. Das aber war für mich eigentlich zweitrangig gewesen. Viel wichtiger war mir die unmittelbare Nähe der Ostsee. Viele Jahre hatten mich seitdem nur wenige Schritte von ihr getrennt. Sie gehörte einfach zu meinem, unserem Leben dazu. Wollte man nach einem stressigen Arbeitstag den Kopf freibekommen, reichte der kurze Weg über die Straße und schon waren die Anstrengungen des Tages durch den Anblick der rauschenden See wie weggeblasen. Die vielen Spaziergänge, die uns oft zwischen Kaffeezeit und Abendessen oder zwischen Abendessen und Schlafenszeit ans Wasser gezogen hatten, würden mir fehlen. Und wahrscheinlich würde mir auch der sommerliche Strandduft – ein Gemisch aus salziger Luft, Sonnencreme und Kaffeeduft fehlen. Auch die Spaziergänge auf der Promenade am Wochenende, die nicht selten in unserer Lieblingseisdiele endeten, würde ich vermissen und nicht zuletzt das manchmal so nervende Nebelhorn.

Wie aber würde unser Vierbeiner mit dem Ortswechsel zurechtkommen? Seinen Park mit den alten Bäumen und den vielen Klettermöglichkeiten, seinen täglichen Rundgang über die Schuppendächer, die abenteuerlichen Spaziergänge in den Dünen und auf der Promenade würde sicher auch er vermissen.

Unser neues Zuhause war ein Neubaugebiet, in dem bisher weder Bäume noch Sträucher standen. Noch sah die Landschaft dort recht trostlos aus. Sicher würde es Jahre dauern, bis aus dem ehemaligen Baugebiet ein kleines grünes Refugium entstehen könnte. Von Mensch und Tier war also Geduld gefragt.

Als der Umzug nahte, fiel es uns ungeheuer schwer, die uns so lieb gewordene Gegend zu verlassen. Wir mussten Abschied nehmen von all dem, was uns über viele Jahre unseres Lebens begleitet hatte - dem Park hinter unserem Haus, der für unsere Kinder immer ein fantastischer Abenteuerspielplatz gewesen war, vom nahen Strand, vom nahezu ständigen Rauschen der Wellen, vom stetig wehenden Wind mit dem würzigen Duft nach Meer und vom Seesand, der sogar in der Wohnung stets allgegenwärtig zu sein schien. All das würde uns wahnsinnig fehlen.

Was unser Kater wohl empfand, als wir die Wohnung am Meer ausräumten? Zunächst gefiel ihm das immer größer werdende Chaos scheinbar recht gut. Wann hatte er schon jemals so viele Kartons in allen denkbaren Größen für Versteckspiele zur Verfügung gehabt? Mit leuchtenden Augen sprang er von einer Kiste in die andere. Selbst die allerkleinste musste er ausprobieren, egal, ob mitunter nur zwei Pfoten hineinpassten. Selbst dann versuchte er noch mit allen möglichen Drehungen und Verrenkungen, auch die restlichen zwei Pfoten noch im Karton unterzubringen.

Nicht selten übermannte ihn während des aufregenden Kistenspringens die Müdigkeit und er schlief in den seltsamsten Positionen ein. Ob ich in einer solch verrenkten Stellung überhaupt hätte schlafen können, wage ich zu bezweifeln. Aber Katzen sind nicht nur Schlafkünstler, sie sind auch Yogaweltmeister. Geht nicht, gibt es bei ihnen scheinbar nicht.

Und dann war er da - der Tag des Abschieds vom alten Zuhause. Unsere Tochter und ihr Kater Pooky zogen als Vorhut in unser neues Heim. Ihr Zimmer war der erste Raum im Haus, der komplett eingerichtet war. Aus unserer Sicht sprach nichts gegen einen etwas vorfristigen Einzug der beiden in das neue Zuhause. Alle anderen wollten lieber auf die neue Küche warten, und wir Eltern auch noch auf unsere neuen Schlafzimmermöbel.

Pooky konnte sich durch die Vorreiterrolle gemeinsam mit unserer Tochter bereits ein bisschen an die neue Umgebung gewöhnen. Wir hofften, unserem Kater auf diese Weise ein wenig den Stress nehmen zu können, denn je leerer unsere alte Wohnung wurde, umso unruhiger war unser Vierbeiner geworden. Instinktiv ahnte er wohl, dass ihm wieder einmal eine große Veränderung bevorstand.

Neuland

Als der Rest der Familie eine Woche später Tochter und Pooky folgte, hatte sich unser Vierbeiner bereits mit dem neuen Zuhause arrangiert. Das Haus hatte unser Kater inzwischen vollständig erforscht. Die bekannten Möbel hatten mit dem Einzug seiner restlichen Familie auch noch ihren Platz gefunden, und seine Menschen waren ebenso wieder vollzählig bei ihm. Die Welt war also wieder in Ordnung. Es roch zwar alles noch ein wenig anders als gewohnt, doch wir hatten auch die vertrauten Gerüche mit in das neue Heim gebracht.

Was lag also näher, als sich nun endlich auch dem Geschehen vor den Fenstern zu widmen. Die Zeit für einen ersten Ausgang schien gekommen zu sein. Draußen warteten jede Menge Abenteuer auf einen Kater wie ihn - Abenteuer in einem neuen Revier, in einem, das er sich erst würde erkämpfen müssen. Pooky war durchaus ein recht unerschrockener Kater. Er würde es dem ansässigen Katzenvolk nicht leichtmachen.

Der derzeitige Revierinhaber hatte sich sogar schon vorgestellt. Frech und besitzergreifend saß er eines Tages auf unserer Terrasse. Bisher hatten der Getigerte und Pooky ihre Kräfte nur durch Blickkontakt messen können, trennten sie doch noch unsere Fenster und die Terrassentür vor einem körperlichen Kräftemessen.

Dann endlich war für unseren Vierbeiner der Moment gekommen. Er durfte das Revier draußen vor der Tür das erste Mal erkunden. Ich hoffte, er würde es langsam und vorsichtig angehen. Mit seinen inzwischen sieben Jahren Lebenserfahrung hatte er schon so manche brenzlige Situation bestanden. Er würde hoffentlich auch jede weitere meistern.

Unser Plüschlöwe sammelte am Tag seines ersten Freigangs im neuen Revier zunächst nur die zahlreichen Informationen ein, die andere Besucher unseres Gartens hinterlassen hatten. Er begutachtete erst einmal nur unsere Terrasse, auf der es offensichtlich eine Menge Spuren zu lesen gab. Sicher waren hier nicht nur Katzen unterwegs. Wer weiß, wer sich noch alles des Nachts in unserem Garten tummelte.

Nach den ersten gesammelten Eindrücken war Pooky relativ schnell wieder zurück ins Haus gekommen. Anschließend saß er lange vor dem Fenster, schaute hinaus und verarbeitete mit weltentrücktem Blick all die Neuigkeiten. Er wusste nun, was ihn dort draußen demnächst erwarten könnte. Von diesem Tag an war die

Zeit des Stubenhockens für unseren Kater vorbei. Eine neue Aufgabe, ein neues Revier warteten auf ihn.

Unser Plüschlöwe bestand seit diesem ersten Schnuppertag auf seine täglichen Rundgänge. Von Mal zu Mal dehnte er diese ein wenig mehr aus. Eine Begegnung mit dem Terrassenbesetzer, dem Nachbarkater, wie wir inzwischen wussten, schien über kurz oder lang unvermeidlich.

Als die beiden Kater schließlich aufeinandertrafen, fiel die Begegnung zu unserem Erstaunen recht unspektakulär aus. Ich hatte befürchtet, beim ersten direkten Zusammentreffen wäre Ärger geradezu vorprogrammiert. Weit gefehlt, die beiden Kater hatten sich scheinbar auf ein friedliches Miteinander geeinigt. Möglicherweise wussten sie, dass sie wegen der unmittelbaren Nähe ihres jeweiligen Zuhauses keine andere Wahl als die der friedlichen Koexistenz hatten.

Vielleicht stellte der vergleichsweise noch recht junge Nachbarkater für Pooky auch keine ernsthafte Konkurrenz dar. Möglicherweise waren auch die Zeiten, in denen jeder von ihnen sein kleines Revier durchstreifte, gut aufeinander abgestimmt. Der getigerte Nachbar hatte gewöhnlich von morgens bis zum Nachmittag Ausgang – bis seine Familie von der Schule oder Arbeit heimkehrte. Pooky dagegen konnte morgens nur eine kurze Stippvisite unternehmen. Anschließend war für ihn bis zum Nachmittag Hausarrest angesagt, da wir, seine menschlichen Mitbewohner, bis dahin alle außer Haus waren. Den nächsten Ausgang bekam er erst wieder genehmigt, wenn einer von uns von seinem Tagesgeschäft nach Hause kam. Meistens war das erst am späten Nachmittag der Fall. Zu der Zeit hatte es sich der Kollege von nebenan gewöhnlich schon wieder bei seinen Menschen gemütlich gemacht. Kam es dennoch einmal zu einer Begegnung, beispielsweise an den Wochenenden, tolerierten die Kater einander. Uns Menschen freute dieses gute Miteinander der beiden Pelzträger natürlich sehr.

Doch die Freude währte nicht lange. Von einem Tag auf den anderen hatte sich der getigerte Vierbeiner des Nachbarn plötzlich rargemacht. War Pooky es auf einmal leid geworden, sein neues Revier mit dem Jungspund auf Dauer teilen zu müssen? Ob die Schonfrist für den jugendlichen Helden von nebenan aus Pookys Sicht einfach abgelaufen war? Vielleicht war der Nachbarkater inzwischen auch zu einem echten

Konkurrenten herangewachsen und musste nun vertrieben werden.

Der nachbarliche Vierbeiner hatte sich bei seinen täglichen Streifzügen ab und zu gern auch eine Streicheleinheit von mir abgeholt. Bisher hatte unser hauseigener Plüschlöwe diese Annäherungsversuche großzügig toleriert.

War Pooky nun etwa doch eifersüchtig geworden? Mochte er die Vertrautheit zwischen mir und dem anderen Kater nicht mehr dulden? Ein wenig hätte es mich schon traurig gemacht, aber andererseits würde ich den Wunsch meines pelzigen Mitbewohners akzeptieren müssen, wollten wir weiterhin gut miteinander auskommen. Unser Kater jedenfalls schwieg zu diesem Thema und trug so gar nicht zur Aufklärung bei. So rätselten wir Menschen noch eine ganze Weile über das Verschwinden des Katers von nebenan herum.

Doch irgendwann löste sich das Rätsel um das plötzliche Verschwinden des Nachbarkaters dann doch. Nicht Pooky hatte dabei seine Pfoten im Spiel gehabt. Die Nacht war dem Graugetigerten zum Verhängnis geworden. Oft hatte er im Gegensatz zu Pooky auch nachts Ausgang. Diese nächtlichen Abenteuer müssen ihn wohl mitunter auch über die nahe Dorfstraße geführt haben.

Für diese Straße gilt zwar rund um die Uhr eine Geschwindigkeitsbegrenzung, in der Nacht wird sie aber von so manchem Autofahrer einfach ignoriert. Mir blutete das Herz, als der Nachbar mir eines Tages traurig erzählte, dass sein Kater auf eben dieser Straße angefahren worden war und den Tod gefunden hatte. Die ganz besondere Tragik daran war, dass er bereits den zweiten pelzigen Mitbewohner auf diese Weise und auf genau dieser Straße verloren hatte.

Der tragische Vorfall zeigte uns, dass man, wenn man seinen pelzigen Mitbewohnern täglich Freigang gewährt, unter Umständen auch mit solch furchtbaren Ereignissen rechnen muss. Der Unfall des Nachbarkaters erinnerte uns auch wieder an unseren Schnups, der auf unerklärliche Weise einfach aus unserem Leben verschwunden war. Möglicherweise war auch er damals Opfer eines solchen Unfalls geworden.

Der Nachtschwärmer

Durch den Unfall des Katers unseres Nachbarn fühlte ich mich noch mehr darin bestärkt, Pooky nachts keinen Ausgang zuzugestehen. Dass uns der freche Kerl dennoch recht oft überlistete und sich selbst einen nächtlichen Freigang erlaubte, steht auf einem anderen Blatt.

Inzwischen hatte wieder einmal der Frühling Einzug gehalten. Das Stückchen Erde hinter unserem Haus sah immer noch recht karg aus. Doch die warme Frühlingssonne leistete gute Arbeit und bald hatte sie aus der ehemals braunen Einöde einen grünen Teppich gezaubert. Der auf den Frühling folgende Sommer ließ mit Ringelblumen und buntem Topfgarten auch die Terrasse nicht mehr ganz so trostlos wie noch Monate zuvor erscheinen.

Frühling und Sommer sind nicht nur für uns Menschen die fast schönsten Jahreszeiten. Auch Katzen lieben die Wärme der Sonnenstrahlen, die laue Frühlings- und die warme Sommerluft. Wie oft habe ich beobachten können, dass Pooky selbst im Haus nach jedem Sonnenstrahl lechzte und gern die hellen Flächen, die die Sonne durchs Fenster auf unseren Teppich warf, für ein kleines Sonnenbad nutzte. Er rückte sogar nach, wenn die Sonne weiter gezogen und damit auch der Sonnenfleck gewandert war. Frühjahr und Sommer zogen unseren Kater immer mit ganz besonderer Kraft hinaus ins Freie. Es erging ihm nicht anders als uns Menschen. Auch wir lechzten alle nach den tristen und dunklen Wintermonaten nach Sonne, Wärme und den vielen betörenden Düften der Natur.

Neben der Sonne rief aber noch etwas anderes dort draußen sehr eindringlich nach unserem Plüschlöwen. Ob es trotz des Eingriffs der Tierärztin in seine inneren Angelegenheiten immer noch die Katzendamen waren? Oder waren es einfach nur das neu erwachte Vogelgezwitscher, die seichte, so würzig duftende Frühlingsluft und die warmen mit vielerlei neuen Geräuschen erfüllten Sommernächte?

Seit Pooky vor fast acht Jahren bei uns eingezogen war, hatte er nachts gewöhnlich Hausarrest. Zu viele Gefahren lauerten im nächtlichen Leben auf ihn. Die Unfälle der beiden Kater unseres Nachbarn bestätigten uns nur noch mehr in dieser Meinung. Die aber interessierte unseren pelzigen Mitbewohner herzlich wenig. Er hatte seine eigenen Vorstellungen vom Leben eines Katers. Schließlich gehörte seine Spezies zu den nacht-, und nicht zu den tagaktiven Wesen. Warum nur begriffen seine Menschen das nicht? Er würde es ihnen ganz einfach auf seine Art erklären müssen.

Rückte der Abend näher, ließ sich unser pelziger Mitbewohner kaum noch in unserer Nähe blicken. Er schien zu spüren, wann der Moment gekommen war, an dem sich unsere Terrassentür bis zum nächsten Morgen hinter ihm schließen würde. Aus der Erfahrung heraus wusste er, dass mit uns nicht über einen nächtlichen Freigang zu reden war. Er konnte noch so herzzerreißend jammern. Wenn er gegen Abend erst einmal im Haus war, würde er dort bis zum nächsten Morgen ausharren müssen.

Schneller als uns Menschen lieb war, hatte Pooky gelernt, wie hinterlistig wir mitunter sein konnten, und so war er bald darüber hinaus, sich mit Futter ins Haus locken zu lassen. Auf solche Tricks war er nur als kleines Kätzchen hereingefallen. Er wusste sehr genau, wann unser Umherschlendern im Garten alles andere als harmlos war. Unser Kater schien Gedanken lesen zu können. Recht schnell hatte er erkannt, wann wir nur darauf aus waren, in seine Nähe zu kommen, um ihn im nächsten Augenblick zu packen und ins Haus zu tragen. War er in solchen Momenten unaufmerksam, war die Sache mit dem Nachtleben unter freiem Himmel zumindest für die bevorstehende Nacht gegessen.

Hatten wir einen bestimmten Zeitpunkt am späten Nachmittag verpasst, ließ der freche Kerl uns gar nicht mehr in seine unmittelbare Nähe kommen. Er hielt uns geschickt auf Abstand. So wie wir scheinbar absichtslos auf ihn zuschlenderten, schlenderte er ebenso wie zufällig von uns weg. Sein Schwanz wedelte dabei mit einem freundlichen Knick einmal nach links, einmal nach rechts. Mir kam diese Schwanzbewegung jeweils wie ein schelmisches Grinsen vor. Nicht nur einmal ließen wir uns auf ein regelrechtes Fangespiel mit ihm ein, ein Spiel, das wir so gut wie nie gewonnen haben. Es sei denn, der Schelm wollte uns gewinnen lassen. Doch genau das kam höchst selten vor.

In der Regel waren wir Menschen es, die irgendwann resigniert aufgaben. Doch damit hatten wir uns gleich das nächste Problem aufgehalst.

Oft genug dachten wir dann ein wenig bockig: „Gut, dann bleib eben draußen, du wirst schon sehen, was du davon hast!"

Aber da hatten wir wieder die Rechnung ohne unseren Kater gemacht. Irgendwann hatte der nämlich keine Lust mehr auf das Nachtleben. Ob nun in den frühen Morgenstunden sein Magen knurrte oder es ihn ganz einfach nach einer Mütze voll Schlaf verlangte, sei dahingestellt.

Wir Menschen schliefen zu der Zeit, wenn unser Nachtschwärmer wieder Einlass begehrte, gewöhnlich tief und fest. Das aber störte Pooky herzlich wenig, schließlich hatte sein Personal rund um die Uhr seinen Bedürfnissen nachzukommen. Wozu sonst war es da? Er hatte das Nachtleben in vollen Zügen genossen und nun wollte er rein ins Warme, zu seinem Futternapf und auf seine flauschig-weiche Lagerstatt.

*

Also, auf die Tür: „Miauuuuuuuuu! Miooooooooooo!"

*

So saß er nach solchen nächtlichen Streifzügen nicht selten morgens um drei Uhr vor unserem Haus und maunzte, was die Stimme hergab. Da wir gewöhnlich bei offenem Fenster schlafen, war sein markerschütterndes Gemaunze nicht zu überhören. Nicht für uns, wohl ebenso wenig für die gesamte Nachbarschaft. Wieder gewann der Kater den Zweikampf zwischen Mensch und Tier. Wer möchte schon Ärger mit den Nachbarn wegen des ruhestörenden Lärms seines vierbeinigen Mitbewohners? Was blieb uns also übrig? Früher oder später taumelte einer von uns schlaftrunken durchs Haus und öffnete dem Schreihals die Tür. Wenn man nun dachte, schnell wieder ins warme Bett schlüpfen und den unterbrochenen Nachtschlaf fortsetzen zu können, unterlag man einem gewaltigen Irrtum. Den Heimkehrer verlangte es jetzt erst einmal nach einer ordentlichen Streicheleinheit, und ein anständiges Nachtmahl wäre ja nur recht und billig. Er war schließlich in anstrengender Mission unterwegs gewesen.

Wer einmal mit einem solch penetranten Katzentier zusammengelebt hat, weiß, dass es sinnlos ist, seine Wünsche ignorieren zu wollen. Wer nachgibt, kommt wesentlich schneller wieder zu seiner Nachtruhe, wenn … ja, wenn man dann überhaupt noch wieder einschlafen kann.

Während der Kater sich nach seinen nächtlichen Abenteuern und einem anschließenden ausführlichen Nachtmahl wohlig schnurrend auf seinem Lieblingssessel zusammenrollte und ins Land der Träume davonschwebte, war sein menschlicher Butler in der Regel hellwach. Beim Blick auf den Wecker kam der Schlaf selten schnell zurück. Blieb doch nicht mehr viel Zeit bis zum morgendlichen Weckruf, und dieses Wissen machte eher wacher als schnell wieder müde. Fit und ausgeruht zur Arbeit ist anders. Nicht nur Eltern mit Kleinkindern können zuweilen kurze Nächte haben. Mit Katzen ist es gar nicht mal so viel anders.

Ein neuer Nachbar

Gerade hatte sich Pooky daran gewöhnt, sein Revier nicht mehr mit dem Nachbarkater teilen zu müssen, als erneut eine Veränderung in sein Leben trat.

Unser Plüschlöwe hatte eben gut gefrühstückt, sich anschließend für seinen täglichen Reviergang den Pelz gebürstet, Pfoten, Gesicht und Ohren gestriegelt und den Schnurrbart gerichtet. Er war bereit zur morgendlichen Garteninspektion. Wie immer war ich ihm nicht schnell genug. Ungehalten maunzte er an der Terrassentür um Ausgang.

Doch was war das? Was saß da vor der Tür und schaute neugierig zu uns hinein? Ein kleines plüschiges Etwas. Entgegen unserem Kater war ich ganz entzückt. Grau getigert sah es aus und sooo süß. Pooky war jedoch von Entzückung weit entfernt.

*

Wo kam dieser Winzling her und was wollte der in seinem Revier? Er tigerte aufgebracht vor der Tür hin und her. Er konnte gar nicht richtig fassen, was er gerade sah. Und seine Menschenfrau jodelte auch noch Ahhhs und Ohhhs. Er würde dem winzigen Stück Plüsch gleich zeigen, was er von ihm hielt.

*

Ich war derweil ein bisschen zwiegespalten. Sollte ich die Tür jetzt öffnen oder lieber nicht? Ich fühlte mich hin- und hergerissen. Würde Pooky sich auf den kleinen Tiger stürzen und ihm Schlimmes antun? Oder würde unser Kater erkennen, dass das Flauschwesen da draußen noch ein Katzenkind war, das ihm nicht wirklich sein Revier streitig machen konnte?

Während ich noch über meinen nächsten Schritt nachgrübelte, blickten sich die beiden Pelzwesen tief in die Augen. Und plötzlich senkte der kleine Tiger den Blick und wich einige Schritte zurück. Am Rand der Terrasse blieb er sitzen und schaute blinzelnd zu uns hinüber.

Ob ich es jetzt wagen sollte, die Tür zu öffnen? Der Kleine hatte meiner Ansicht nach gerade demonstriert, dass er wusste, wer hier der Chef im Revier war. Irgendwann würden die beiden sich ohnehin begegnen. Wo nur mochte der hübsche Tiger hingehören?

Inzwischen war Pooky wegen meines Zögerns beim Öffnen der Tür bereits etwas ungehalten geworden. Er ergriff selbst die Initiative und setzte seine Krallen in die untere linke Ecke der Tür. Angestrengt versuchte er, sie aufzuziehen. Wenn die Tür nicht verriegelt, sondern nur einfach ins Schloss geschnappt war, schaffte er das durchaus problemlos. Schon oft hatte ich mich darüber gewundert, über wie viel Kraft der Kater verfügte. Nicht nur einmal war er uns, wenn wir im Sommer abends noch auf der Terrasse saßen, nach draußen entwischt. Die Schiebetür zum Wohnzimmer zu überwinden, war ebenso wenig ein Problem für unseren pelzigen Mitbewohner wie die Terrassentür. Und wenn er zu später Abendstunde erst einmal draußen war, dann war es einfach unmöglich, ihn rechtzeitig vor unserem Schlafengehen wieder einzufangen. War die letzte Türhürde aufgeklinkt, sauste Pooky wie der Blitz an uns vorbei und hinein in den Garten. Und so schnell ließ er sich dann auch nicht wieder sehen.

Aber zurück zu diesem Morgen. Sollte ich unseren Kater erlösen? So lange ich an der Tür stand, würde er sie ganz sicher nicht mit der Kraft seiner Krallen öffnen können. Er würde uns eher nur unnötig die Tür zerkratzen. Doch ewig und immer konnte ich Pooky so oder so nicht von dem kleinen Tiger dort draußen fernhalten. Dem Plüschwesen auf unserer Terrasse war scheinbar klar, dass es in das Revier einer anderen Katze eingedrungen war. Sicher würde es wissen, wie es sich bei einem Aufeinandertreffen zu verhalten hatte. Angedeutet hatte es das ja bereits mit seinem Rückzug an den Rand unserer Terrasse. Ich würde es einfach darauf ankommen lassen müssen. Früher oder später würden der Winzling und unser Plüschlöwe ohnehin aufeinanderstoßen. Warum nicht jetzt? Zur Not könnte ich immer noch einschreiten.

Also, wer nicht wagt, der nicht gewinnt! Kaum hatte ich die Terrassentür einen schmalen Spalt breit geöffnet, drängelte sich Pooky auch schon mit aller Macht nach draußen und stürzte auf den kleinen Tiger los. Der jedoch duckte sich ganz platt auf den Boden und blieb regungslos an Ort und Stelle liegen. Er gab unserem Kater damit wohl zu verstehen, dass er nur ein kleines harmloses Kätzchen war. Klein und platt am Boden liegend bat er um gutes Wetter. Unser hauseigener Vierbeiner schien das Friedensangebot zu akzeptieren. Er bremste ab, blieb in

216

der Mitte der Terrasse stehen und machte erst einmal eine lange Nase in Richtung des kleinen grauen Fellbündels vor ihm. Das wiederum blieb immer noch nahezu regungslos liegen. Nur ab und zu blinzelte das platte Fellbündel den großen Artgenossen aus schmalen Pelzschlitzen an, erklärte seinem Gegenüber auf diese Weise wohl erneut, wie harmlos es doch war. Der Jungspund suchte Freundschaft, keinen Streit, eher einen Spielkameraden.

Pooky rückte langsam näher, schnüffelte noch einmal aus angemessener Entfernung zu dem grauen Fellbündel hinüber, setzte sich schließlich auf sein pelziges Hinterteil und schaute irgendwie ganz gelangweilt in die Gegend. Nach einer Weile machte sich unser Kater auf der Terrasse lang, streckte und reckte sich ausgiebig und tat so, als wäre der Kleine überhaupt nicht vorhanden. Da lagen sie nun beide – ein kleines und ein großes Flauschwesen – Pooky, obwohl lang ausgebreitet, immer noch mit stolz erhobenem Kopf, der Kleine nach wie vor platt an den Boden gedrückt. Ein Streitschlichter hatte sich wohl gerade erübrigt.

Beruhigt schloss ich langsam die Tür, blieb jedoch noch eine Weile am Fenster stehen. Ich war gespannt auf das, was weiter geschehen würde. Aber es passierte rein gar nichts. Die beiden Katzen lagen nur da und ignorierten scheinbar einander, nur manchmal zuckte kurz eine der Schwanzspitzen. Wenn ich dieses Zucken richtig deutete, herrschte wohl doch noch ein wenig Anspannung unter ihnen. Dennoch ließ ich sie erst einmal allein. Solange es kein Geschrei gab, würde ich mich auch nicht einmischen müssen. Andererseits sah es so aus, als hätte Pooky dem kleinen Grauen klargemacht, dass vor ihm der derzeitige Revierinhaber lag. Sollte der kleine Getigerte das akzeptieren, würde der alteingesessene Kater den Jungspund vorerst dulden.

Als ich später noch einmal auf die Terrasse hinausschaute, waren beide Katzen verschwunden. Ärger hatte es offensichtlich nicht zwischen ihnen gegeben, jedenfalls keinen lautstarken.

Von diesem Tag an saß der junge Held öfter auf unserer Terrasse und schaute zu uns hinein. Inzwischen wusste ich, dass das Tigerchen zu unserem Nachbarn gehörte und dass es sich bei ihm, wie ich bereits vermutet hatte, um ein Katerchen handelte. Wir konnten also noch gespannt darauf sein, wie Pooky und der nachbarliche Neuzugang miteinander auskommen würden, wenn Letzterer eines Tages den Kinderschuhen entwachsen war.

Zunächst sah es allerdings so aus, als hätte sich der Jungspund unseren Kater als Spielkameraden und Lehrmeister auserkoren. Pooky hatte sich damit abgefunden und schien diese Aufgabe sogar ernst zu nehmen. Nicht selten tobten die beiden Kater wild spielend durch die Gärten. Wenn es Pooky einmal zu viel wurde, gab er das dem Kleinen recht deutlich zu verstehen. Mitunter drückte er den grauen Wildfang einfach mit der Pfote zu Boden und schaute ihn scharf an. Das Tigerchen verstand diese Gesten recht schnell, blickte zur Seite und trollte sich in seinen eigenen Garten, sobald unser Kater den Pfotendruck lockerte.

Bald war aus dem alten und dem jungen Kater ein nahezu unzertrennliches Paar geworden. Oft erwartete der kleine Nachbar unseren Plüschlöwen bereits, wenn ich Pooky zu seinem morgendlichen Rundgang hinaus in den Garten ließ. Die beiden Kater begrüßten sich per Nasenstups. Anschließend ging es gemeinsam auf Revierinspektion. Oft tobten beide auch vergnügt spielend durch unseren und den nachbarlichen Garten.

Wenn wir Menschen nun gedacht hatten, dass sich dieses scheinbar freundschaftliche Verhältnis ändern würde, wenn der junge Nachbarkater in die Flegeljahre käme, dann mussten wir zu unserer Freude erkennen, dass es zu keinerlei Rivalitäten zwischen ihnen beiden kam. Ab und zu fühlte sich Pooky von dem Jungkater zwar etwas genervt, der nämlich folgte ihm überall hin wie ein Schatten. Aber Pooky machte ihm gewöhnlich schnell deutlich, dass er ihn jetzt einfach mal in Ruhe lassen solle. Solche Zurechtweisungen trübten aber keineswegs die Freundschaft der beiden Kater. Kurze Zeit später waren sie meistens schon wieder zusammen unterwegs.

Während der gemeinsamen Streifzüge lernte der jugendliche Held ganz sicher eine Menge von dem alten Haudegen, denn das war unser vierbeiniger Mitbewohner unbesehen. Er war und blieb bis zu seinem Ende der unumschränkte Herrscher seines Reviers. In seinem Reich duldete er einzig und allein seinen jungen getigerten Freund.

Schreck am Morgen

Wie fast jeden Morgen hatte ich Pooky auch dieses Mal nach seinem Frühstück hinaus in den Garten gelassen. Eine Weile würde er mit seinem Revierrundgang zu tun haben. In der Regel saß er irgendwann wieder vor der Terrassentür, weil der kleine Hunger in den Eingeweiden zwickte. Mäuse brachte er von seinen Ausflügen zwar auch öfter mit, aber die waren meistens mehr als Geschenk für uns Menschen gedacht. In seinem eigenen Speiseplan kam Maus eher selten vor. Er war mehr für gewisse Doseninhalte oder leckeres Frischfleisch zu haben, das sein Personal ihm von seinen eigenen Jagdausflügen mitbrachte.

*

Wo sie das wohl immer fingen? Ihm jedenfalls war das, was seine menschlichen Mitbewohner so erbeuteten, in all den Jahren seines Jägerdaseins nicht über den Weg gelaufen. Aber egal, er revanchierte sich bei ihnen für diese Leckereien eben ab und zu mal mit einer Maus. Nach seiner ersten Mausverkostung hatte er beschlossen, dass Maus nur im äußersten Notfall auf seinen Speiseteller kommen würde. Er stand mehr auf gekochtes Hühnchen, lecker von seiner Menschenfrau zubereiteten Fisch und natürlich auf den einen oder anderen Happen Frisch-

221

fleisch, darunter gern auch Hackbällchen, die mit Maus, wenn ihn seine Geschmacksnerven nicht trogen, aber so gar nichts zu tun hatten.

Seine Menschen schienen aber Maus zu mögen. Jedenfalls freuten sie sich immer riesig und lobten ihn mächtig für sein Jagdglück, wenn er ihnen wieder einmal einen dieser kleinen Nager vor die Tür gelegt hatte. Seine Menschenfrau sagte jedes Mal, sie würde etwas Leckeres aus seinem Mitbringsel kochen. Sollte sie nur. Für ihn müsste sie aber nichts davon aufheben.

*

Meistens fand Pooky sich nach seinen Revier- oder Pirschgängen wieder vor der Terrassentür hinten im Garten ein, um für einen kleinen Imbiss oder eine Ruhepause ins Haus gelassen zu werden. Eher selten begehrte er am Vordereingang unseres Heims Einlass. So wunderte ich mich eines Tages auch, als ich durch das offene Küchenfenster ein jammervolles Maunzen vernahm. Gehörte das etwa zu unserem Kater? Ich unterbrach meine Küchenarbeit und eilte zur Haustür. Entsetzt schaute ich nach dem Öffnen auf unseren kläglich jammernden Plüschlöwen. Er hielt sich mühsam nur auf den Vorderbeinen, die hinteren hingen schlaff herunter, als könne er sie nicht mehr bewegen oder sie nur unter argen Schmerzen benutzen. Vor Schreck

222

blieb mir fast das Herz stehen. War unser Kater von einem Auto angefahren worden? Vorsichtig hob ich das Häufchen Elend hoch und trug es hinein ins Haus.

Was war passiert? Ich konnte mir keinen Reim darauf machen. Äußerlich schien unser Vierbeiner unverletzt zu sein. Dennoch bot er ein Bild des Jammers. Ganz hohl und ängstlich klang sein Maunzen. Behutsam legte ich unser Katertier auf die Couch, sprach beruhigend auf den armen Kerl ein und untersuchte so vorsichtig wie möglich seine hinteren Pfoten. Meine Nähe wirkte offensichtlich besänftigend auf ihn. Er maunzte nicht mehr ganz so herzergreifend. Langsam kam auch wieder Leben in die hinteren Beine unseres Katers.

Während ich noch darüber nachgrübelte, ob ich ihn nicht sicherheitshalber der Tierärztin vorstellen sollte, begann Pooky damit, sein Hinterteil zu putzen. Wie durch ein Wunder schienen die Beine plötzlich wieder in Ordnung zu sein. Ich beschloss, den Kater erst einmal aufmerksam zu beobachten und ihn an diesem Tag nicht mehr vor die Tür zu lassen. Doch der Anfall wiederholte sich nicht, und unser Plüschlöwe benahm sich auch in den Folgetagen so, als wäre nichts gewesen. Er konnte sich wieder völlig normal bewegen. Auch schien er nicht unter Schmerzen zu leiden. Demzufolge sah ich vorerst keine Veranlassung für eine tierärztliche Untersuchung.

Ein gewisses Misstrauen blieb dennoch bei mir zurück. Ob er vielleicht doch leicht angefahren worden oder aus größerer Höhe unglücklich gefallen war? Möglicherweise hatte er sich an einem Fahrzeug oder durch einen Sturz das Hinterteil so arg geprellt oder gezerrt, dass die Hinterpfoten für einen Moment bewegungsunfähig waren. Ob wir dieses Rätsel irgendwann würden lösen können?

Aber sowohl an den darauffolgenden Tagen als auch im Laufe der nächsten Wochen deutete nichts mehr im Verhalten unseres Katers auf dieses mysteriöse Geschehen hin. Pooky bewegte sich wie immer. Er selbst hatte die Angelegenheit wohl längst schon wieder vergessen. Auch bei mir rückte das Ereignis mehr und mehr in den Hintergrund. Die Welt schien für Mensch und Tier wieder vollkommen in Ordnung zu sein. Doch die Ruhe täuschte gewaltig.

Viele Wochen später, Pooky lag eben noch guter Dinge im Wohnzimmer und putzte hingebungsvoll an sich herum, drang plötzlich wieder dieser mir nur allzu gut bekannte klagende

Schrei an mein Ohr. Erschrocken eilte ich ins Wohnzimmer. Wieder bot sich mir ein Bild des Jammers. Nur dieses Mal konnte ich sicher sein, dass unser Plüschlöwe weder angefahren worden war, noch aus großer Höhe unglücklich gefallen war. Der Kater lag im Wohnzimmer mit scheinbar erneut gelähmten Hinterbeinen und schaute mich angstvoll und hilfesuchend an. Jetzt konnte ich mir noch weniger erklären, was passiert war. Wie bereits beim ersten Mal, verging auch dieser seltsame Anfall nach wenigen Minuten von selbst, und Pooky konnte die Hinterbeine erneut benutzen, als wäre nichts geschehen.

Einerseits war ich beruhigt, dass unser Plüschlöwe so schnell wieder in Ordnung war, andererseits gab mir dieser erneute Vorfall doch arg zu denken. Vielleicht musste doch abgeklärt werden, was die Ursache des Problems war. Auf einen weiteren Anfall zu warten, um die Sache der Tierärztin im akuten Stadium vorführen zu können, schien mir sinnlos. Dafür war alles zu schnell wieder vorbei gewesen.

Nach meiner Schilderung des Anfalls per Telefon schlug die Tierärztin einen Termin in ihrer Praxis vor. Die tierärztliche Untersuchung ergab zunächst nichts Auffälliges. Auf jeden

Fall stand zumindest fest, dass unser Kater weder äußere noch innere Verletzungen erlitten hatte. Weder waren Schwellungen noch Brüche oder sonstige Veränderungen zu ertasten. Auch die Bewegungsfähigkeit der Hinterpfoten war nicht eingeschränkt. Um ganz sicherzugehen, dass sie nichts übersehen hatte, fertigte die Tierärztin ein Röntgenbild von ihrem Patienten an.

Die Aufnahme zeigte, wie fast erwartet, keine Auffälligkeiten an den hinteren Extremitäten des Katers. Sie hielt aber eine ganz andere Überraschung für uns bereit. Die Tierärztin hielt mir die Röntgenaufnahme hin und tippte auf eine ganz bestimmte Stelle an Pookys Wirbelsäule und fragte, ob ich erkennen würde, um was es sich bei diesem Schatten handeln könnte. Ich starrte eine Weile wie hypnotisiert auf das seltsame Etwas. Die Form kam mir irgendwie bekannt vor. Ich hatte so etwas schon gesehen. Nur wo? Doch dann schoss mir durch den Kopf, dass ich so etwas als Luftgewehrgeschoss kannte. Ich blickte gerade auf den Schatten eines solchen Geschosses - eines Diabolos.

In dem Moment, als ich erkannte, was nahe der Wirbelsäule, kurz vor dem Schwanzansatz, in unserem Kater steckte, wurde mir für einen

Augenblick übel. War es möglich, dass jemand auf unseren Pooky geschossen hatte? Es konnte einfach nicht anders sein. Dafür gab es keine andere Erklärung. Ich war entsetzt, fassungslos. Bisher hatte ich angenommen, in einer ruhigen und tierfreundlichen Gegend zu wohnen. Keinem meiner Nachbarn würde ich eine solche Tat zutrauen. Andererseits waren wir einschließlich Kater mehrmals umgezogen. Es war also keinesfalls sicher, wann und wo jemand gezielt auf unseren pelzigen Mitbewohner geschossen hatte. Wut und Ärger nützten jetzt wenig. Ich würde aber in Zukunft unser Umfeld sehr aufmerksam beobachten. Es gab schon einige Kandidaten, die nicht sehr katzenfreundlich waren. Grundlos verdächtigen konnte und wollte ich trotzdem niemanden. Aber die Augen offenhalten, konnte ich schon.

Tatsache war, dass das Luftgewehrgeschoss bereits länger im Kater saß. Die Verletzung konnte schon viele Jahre zurückliegen. Möglicherweise war das Stückchen Blei sogar gewandert und drückte jetzt auf die Wirbelsäule. Waren dadurch vielleicht sogar die Lähmungserscheinungen hervorgerufen worden? Sicher war aber auch das nicht.

Was der Tierärztin viel mehr Sorgen bereitete, war etwas anderes. Auf dem Röntgenbild war kein Herzschatten zu erkennen. Und? Was hatte das zu bedeuten?

Die Ärztin tippte auf Wasser in der Lunge, was wiederum auf eine Herzschwäche hindeuten könnte. Die könnte aber möglicherweise auch die rätselhaften Lähmungserscheinungen hervorgerufen haben.

Alles hatte ich erwartet, das allerdings nicht. Das war die schlechte Nachricht. Die gute Nachricht war die, dass Pookys Herzschwäche mit einem Medikament behandelt werden konnte.

Fortan würden wir unserem Kater täglich eine Herztablette verabreichen müssen. Als ich das vernahm, traten mir sogleich Schweißperlen auf die Stirn. Unserem Rabauken Medikamente zu verabreichen, war schon immer mit viel Aufregung auf beiden Seiten verbunden gewesen. Nun mussten wir diese Prozedur täglich, praktisch bis auf unbestimmte Zeit, über uns und den Kater ergehen lassen. Ich hatte nur die Hoffnung, dass Übung den Meister machen würde.

Das Stückchen Blei beließ die Tierärztin nach erneuter eingehender Betrachtung an Ort und

Stelle. Laut ihrer Meinung stellte es kein Problem in puncto Bewegungsfähigkeit für den Kater dar. Eine Operation, um das Geschoss zu entfernen, wäre bei einer vorhandenen Herzschwäche eher kontraproduktiv, auch wenn es sich dabei nur um einen kleinen Eingriff handeln würde. Doch ohne Narkose hätte das Diabolo nicht entfernt werden können. Also blieb es, wo es war.

Wenn ein Kater in die Jahre kommt

Nicht nur die Herzprobleme unseres Katers hatten darauf hingewiesen, dass unser Kater langsam in die Jahre kam. Er wurde auch anhänglicher. Eigentlich war er nie ein Schmusekater gewesen. Er hatte zwar auch ab und zu seine Streicheleinheiten gebraucht. Wer braucht die nicht? Aber so erstaunlich bedürftig nach menschlicher Nähe wie neuerdings, war er selten gewesen.

Unsere Kinder waren inzwischen längst erwachsen, wurden mehr als zuvor durch Schule, bald auch durch ihr Studium gefordert. Ebenso spielten sich ihre Freizeitaktivitäten mehr außerhalb unseres Zuhauses ab als daheim. Logischerweise verkürzte sich dadurch auch die Zeit, die sie sonst unter anderem unserem Stubentiger gewidmet hatten.

Wahrscheinlich vermisste Pooky plötzlich doch die menschliche Zuneigung, die er sonst immer, wenn er sie gebraucht hatte, auch ausreichend bekommen hatte. Doch jetzt im Alter schien er sich eher etwas mehr davon zu wünschen. Was unsere Kinder ihm weniger gaben, suchte er sich nun einfach an anderer Stelle. Fast unmerklich hatte er sich mehr und mehr mir zugewandt. Ich war immer da, wenn er ein bisschen Zuwendung brauchte. Bald war daraus ein festes Ritual geworden. Man konnte allabendlich fast die Uhr danach stellen, wann Pooky zu mir auf den Schoß wollte, um sich ausgiebig beschmusen zu lassen. Dazu gehörte auch ein genussvolles Treteln, wie er es einst wohl auch als Kätzchen bei seiner Katzenmutti getan hatte. Entrückt sabberte er mich dabei voll, oft so sehr, dass ich mir hinterher ein frisches Shirt oder einen frischen Pullover anziehen musste.

An manchen Abenden, wenn ich nicht pünktlich zur Stelle war, rief mitunter schon mein Mann nach mir, weil unser Plüschlöwe bereits ganz unruhig durch das Wohnzimmer tigern würde, als litte er unter Entzugserscheinungen.

Kaum war ich erschienen, fiel der Kater glücklich über mich her und tretelte und sabberte, was das Zeug hielt. Dass ich mich danach in der Regel umziehen musste, empfand ich als ziemlich nervend. Andererseits rührte es mich auch wieder, dass Pooky mir auf diese Weise seine Zuneigung und sein Vertrauen schenkte. Diese Schmusestunde konnte ich ihm nicht einfach wegnehmen. Eine vernünftige Lösung musste her, die beiden Bedürfnissen gerecht werden konnte. Letztendlich half uns ein alter Pullover, den ich mir jeweils auf den Schoß legte und den der liebebedürftige Plüschlöwe von da an nach Herzenslust durchkneten und besabbern konnte. So leicht ist es mitunter, eine Katze glücklich zu machen. Na, und ein bisschen auch sich selbst, denn ist die Katze glücklich, freut sich auch der Mensch.

Doch diese Glücksmomente konnten nicht darüber hinwegtäuschen, dass Pooky in die Jahre gekommen war. Nach und nach wurde der sonst so agile Kater nicht nur schmusebedürftiger, er wurde insgesamt zusehends ruhiger. Seine zuvor so heißgeliebten Kletteraktionen wurden eher eine Seltenheit. Im Gegensatz zu dem alten Baumbestand im Park hinter unserem ehemaligen Zuhause gab es in der unmittelbaren Umgebung unseres jetzigen Heims kaum höhere Bäume. Pooky hatte die Klettermöglichkeiten aus dem alten Zuhause in der ersten Zeit nach unserem Umzug sicher schmerzlich vermisst. Doch bald hatte er geeignete Alternativen entdeckt – beispielsweise unseren Geräteschuppen oder die Zierkirsche vor unserem Haus. Besser als nichts waren sie allemal.

Neuerdings aber schien unser Kater nicht einmal mehr auf den Schuppen oder den Kirschbaum zu wollen. Seine Hinterpartie machte ihm wohl doch bei solchen Kletteraktionen arg zu schaffen. Die Kletterei überließ er nun allein dem Nachbarkater, der sich nach wie vor als treuer Begleiter unseres Vierbeiners erwies. Er konnte zwar klettertechnisch nichts Neues mehr von Pooky lernen, bei der Revierverteidigung hatte ihm der erfahrene Kater aber immer noch etliches voraus. Auch jetzt im Alter ließ er sich von keinem anderen Kater die Butter vom Brot nehmen bzw. die Maus aus dem Revier klauen.

Mich amüsierte es so manches Mal, dass der nachbarliche Tiger oft nur als Zaungast fungierte, wenn ein fremder Kater in das Revier der beiden Katerkumpels eingedrungen war. In angemessener Entfernung saß er dann da und schaute zu, was in der Kampfarena geboten wurde.

Im Vergleich zu Pooky war er immer noch ein relativ kleiner Kater. Sicher war er sich dessen durchaus bewusst und so hielt er sich lieber aus den meisten Kampfhandlungen heraus. Er lernte halt beim Zuschauen. Irgendwann würde er in die Fußstapfen seines väterlichen Freundes treten müssen. Bis dahin blieb er der wissbegierige Schüler. Bisher war der Nachbarkater von Pooky, wenn überhaupt, nur moderat zur Ordnung gerufen worden, speziell dann, wenn der Kleine dem Alten zu dicht auf den Fersen folgte. Mehr als eine Warnung war aber wohl bis dahin nie daraus geworden. Aber eine direkte Einmischung des Jungspundes hätte Pooky vielleicht doch mit ein paar Tatzenhieben geahndet.

Die Wochen vergingen. Pooky bekam nun bereits eine ganze Weile regelmäßig sein Herzmedikament. Trotzdem machten sich seine Herzprobleme in immer kürzeren Abständen unangenehm bemerkbar, immer häufiger traten die uns inzwischen nur allzu bekannten Lähmungserscheinungen auf.

Wider Erwarten hatte ich dem Kater die kleine Tablette nach einer kurzen Probephase gut unterschieben können. In sein Lieblingsfutter durfte ich sie nicht mischen. Das nahm er übel. Er schnupperte nur kurz am Futter, roch scheinbar, dass die Sache nicht ganz astrein war, und ignorierte für den Rest des Tages sogar Futter, das er eigentlich über alles liebte und bis dahin nie hatte stehen lassen. Wohl oder übel musste ich mir etwas anderes überlegen, um dem Patienten sein Medikament verabreichen zu können.

Ganz besonders gern mochte Pooky eine bestimmte Sorte Katzensticks – diese kleinen salamiähnlichen Stängchen. Mit langem Kauen hielt er sich bei diesen Sticks nie auf, er inhalierte sie mehr, als dass er sie gesittet kauend zu sich nahm. Das brachte mich auf eine Idee. Ich schlitzte probeweise ein kleines Stück dieser wurstähnlichen Sticks an einer Seite etwas auf, schob die zum Glück nicht sehr große Tablette hinein und drückte den Schlitz wieder zu. Das Medikament schien so, nahezu perfekt verpackt zu sein. Pooky schnüffelte auch nicht lange an dem Leckerbissen herum, er entriss ihn mir so zügig wie auch sonst und schlang ihn gierig hinunter. Was will man mehr? Von da an klappte die Medikamenteneingabe fast immer völlig problemlos. Aber irgendwann hilft auch das beste Medikament nicht mehr.

Abschied

Eines Tages, es war ein angenehm warmer Augusttag, wir Menschen kamen gerade von einem kurzen Ausflug zurück, vernahmen wir bereits vor unserer Haustür das ängstliche Maunzen unseres Katers. Hatte er wieder einen dieser Anfälle? Zutiefst beunruhigt öffneten wir die Tür. Und tatsächlich, Pooky lag mit gelähmten Hinterbeinen auf dem Flur und klagte uns angsterfüllt sein Leid.

An diesem Tag schien sich die Lähmung ins Endlose hinzuziehen. Unserem Kater war die Panik ins Gesicht geschrieben. Seine Klagelaute wurden immer herzzerreißender, die hinteren Pfoten blieben unbeweglich. Zu allem Schreck musste sich der arme Kerl plötzlich auch noch übergeben.

Zufällig rief genau zu diesem Zeitpunkt unsere jüngste Tochter an. Ich erzählte ihr aufgeregt von Pookys Problemen. Sie zögerte nicht lange und versprach, sofort zu kommen.

Unsere drei Kinder wohnten bereits eine ganze Weile schon nicht mehr bei uns. Sie waren nach ihrer jeweiligen Ausbildung in eine eigene Wohnung gezogen. Unserem Kater wollten wir aber nicht einen nochmaligen Umzug zumuten. Unsere Tochter, Pookys eigentliches Frauchen, hatte sich eine im obersten Stockwerk eines Mehrfamilienhauses gelegene Wohnung genommen. Freigang hätte ihr Kater dort nicht mehr haben können. Darunter hätte er ganz sicher gelitten. So blieb Pooky bei meinem Mann und mir.

Natürlich hing sein Frauchen nach wie vor an ihm. Es war also keine Frage, dass unsere Tochter unserem Plüschlöwen jetzt auch beistehen wollte. Wir befürchteten nämlich das Schlimmste für ihn.

Nicht lange nach dem Anruf traf unsere Tochter bei uns ein. Pokkys Zustand hatte sich nicht gebessert, er wurde eher von Augenblick zu Augenblick schlimmer.

Sollten wir die Tierärztin rufen? Den Stress einer Autofahrt wollten wir dem armen Kerl nicht auch noch zumuten. Ohnehin käme nur der Notdienst der Tierklinik infrage. Es war Sonntag, unsere eigentliche Tierarztpraxis hatte an den Wochenenden keine Sprechstunde. Was tun? Ob unsere Tierärztin privat zu erreichen war? Zumindest stand die private Telefonnummer neben der Nummer der Praxis auf ihrer Visitenkarte. Es käme auf einen Versuch an.

Während mein Mann zum Telefon griff, kümmerten wir beiden Frauen uns weiter um den herzzerreißend jammernden Kater. Immer wieder musste er erbrechen, immer wieder rutschte er vor Schmerz klagend ein Stückchen weiter auf dem bereits überall beschmutzen Teppich. Wir hatten Mühe, gleichzeitig den Teppich zu reinigen und den Kater wieder auf einen trockenen Platz zu betten.

Endlich, nach gefühlten Stunden nahm die Tierärztin ihr Telefon ab. Sie war glücklicherweise sofort mit einem Hausbesuch einverstanden. Da sie aber vorher noch in ihre Praxis musste, um den Notfallkoffer zu holen, schlug mein Mann vor, sich dort mit ihr zu treffen und sie abzuholen. Unser Wohngebiet war damals noch nicht auf dem aktuellen Stadtplan verzeichnet. Wir wollten der Tierärztin damit langes Suchen nach unserer Straße ersparen, und für unseren Kater erhofften wir dadurch schnellere Hilfe.

Die Zeit bis zur Ankunft der Tierärztin schlich für unsere Tochter und mich nur so dahin. Es dauerte und dauerte, und unser Kater brauchte so dringend Hilfe. Nach uns unendlich erschienener Zeit ging schließlich die Haustür, und mein Mann und die Tierärztin kamen ins Haus.

Behutsam untersuchte sie den unter Qualen maunzenden Kater, maß seine Körpertemperatur und schaute schließlich sehr besorgt drein. Pookys Körpertemperatur war wesentlich niedriger, als sie normalerweise hätte sein dürfen. Würde sie weiter fallen, hätte unser Kater lt. Aussage der Tierärztin schlechte Karten. Sie würde versuchen, ihn mit einem Medikament zu stabilisieren. Ob es helfen würde, wäre allerdings fraglich. Wir nickten betroffen, hofften dennoch, dass sich Pookys Zustand damit bessern ließe.

Nach der Spritze ging es unserem Kater tatsächlich etwas besser, seine Atmung beruhigte sich, er maunzte nicht mehr so ängstlich, er schien auch etwas entspannter zu sein. Wir schöpften wieder Hoffnung.

Da die Tierärztin vorerst nichts mehr für Pooky tun konnte, brachte mein Mann sie wieder nach Hause. Sie verabschiedete sich von uns mit den Worten, dass wir sie bedenkenlos noch einmal anrufen könnten, sollte sich der Zustand unseres Katers erneut verschlimmern. Nur dann könne sie ihm wahrscheinlich nicht mehr wirklich helfen, nur ihm das Sterben etwas erleichtern.

Eine Weile hielt sich Pookys Zustand stabil, doch dann begann alles von vorn. Er maunzte voller Panik, versuchte immer wieder vergebens aufzustehen, rutschte letztendlich jämmerlich maunzend nur noch millimeterweise vorwärts. Wieder erbrach er sich. Zuletzt würgte er nur noch. Wir konnten seinen jammervollen Zustand kaum ertragen.

Wortlos kamen unsere Tochter und ich überein, die Tierärztin erneut zu uns zu bitten. Wir wollten Pooky von seinen Qualen erlösen lassen. Wir würden uns wohl damit abfinden müssen, dass dieser Sonntag der letzte Tag im Leben unseres langjährigen pelzigen Mitbewohners sein würde.

Dieses Mal war die Tierärztin schneller am Telefon als zuvor. Sie sagte auch sofort zu, noch einmal zu uns zu kommen.

Doch es sollte anders kommen. Die Tierärztin fand, als sie jetzt mit dem eigenen Auto zu uns kam, nicht sofort unser Haus wieder. Sie umrundete erst mehrmals unser Wohngebiet, das damals durch etliches Baugeschehen recht unübersichtlich war.

Pooky hatte, während die Tierärztin noch nach der richtigen Hausnummer Ausschau hielt, seinen letzten Atemzug getan. Als sie endlich bei uns eintraf, konnte sie ihm nur noch die Augen zudrücken. Sein Leben war zu Ende gegangen, während unsere Nachbarn in ihrem Garten in fröhlicher Geburtstagsrunde zusammensaßen.

Der einzige Nachbar, der von Pookys leidvollem Gang über die Regenbogenbrücke etwas mitbekommen hatte, war wohl deren Kater. Ich sah ihn später in unserem Garten sitzen und ängstlich zu uns hinein schauen. Wahrscheinlich hatte er Pookys Klagelaute gehört und gespürt, als diese erstarben, dass er gerade einen lieben Freund verloren hatte.

Noch Tage und Wochen nach Pookys Tod saß er oft in unserem Garten und schaute zu unserer Terrassentür hinein, als würde er seinen pelzigen Kameraden zum Morgenspaziergang abholen wollen. Doch Pooky kam nicht mehr. Das bis dahin gemeinsame Revier musste der Jungspund von nun an allein verteidigen. Sicher würde er diese Aufgabe packen, schließlich hatte er viel von seinem väterlichen Freud gelernt.

Einmal Katze, immer Katze?

Dreizehn Jahre haben wir unser Leben mit Pooky geteilt, Spannendes, Aufregendes, mitunter auch mal Ärgerliches, aber auch viel Lustiges miteinander erlebt. Wir waren eine Katzen-Mensch-Familie geworden, die sehr aneinanderhing. Nun musste es ohne diesen pelzigen Mitbewohner weitergehen. Wir trauerten sehr um ihn.

Nie werde ich vergessen können, wie furchtbar Pooky sich in den letzten Stunden seines Lebens hat quälen müssen. Der Tod hatte es ihm nicht leicht gemacht. Es war ein unsäglich schwerer Abschied vom Leben für ihn, und für uns war es kaum zu ertragen gewesen, hilflos zuschauen zu müssen, wie er litt. Ich wollte nie wieder eine Katze, denn mit einer neuen Katze wäre auch irgendwann wieder ein Abschied verbunden. Den wollte ich mir einfach nicht noch einmal zumuten.

Aber ich merkte auch, wie sehr mir dieser plüschige Hausgenosse fehlte. Mit jedem weiteren Tag vermisste ich ihn ein bisschen mehr. Wenn ich von der Arbeit nach Hause kam und die Haustür aufschloss, erwartete ich jedes Mal, freundlich maunzend begrüßt zu werden. Doch es blieb still im Haus, in ihm war nur unendliche Leere. Wie konnte einem ein Tier nur so entsetzlich fehlen? Immer wieder traten mir Tränen in die Augen, wenn ich an ihn dachte.

Wochen gingen ins Land, die Leere blieb und auch der Schmerz. Fast unmerklich für mich selbst versuchte ich, diese Leere irgendwie zu füllen, mich vom schmerzenden Herzen abzulenken. Immer öfter ertappte ich mich dabei, dass ich beim Zeitungsstudium im Annoncenteil hängenblieb, vorwiegend bei dem, in dem Tiere ein neues Zuhause suchten. Manchmal las ich sogar meinem Mann eine der Anzeigen vor, bis dieser eines Tages, nachdem ich wieder einmal auf eine Annonce gedeutet hatte, fragte, ob wir hinfahren und uns die Kätzchen anschauen wollten. Meinte er das ernst? Doch, es war sein voller Ernst.

Wollte ich das tatsächlich auch selbst? Vor noch gar nicht so langer Zeit hatte ich beschlossen, dass das Thema Katzen für mich ein für alle Mal abgeschlossen wäre. Aber ein informativer Anruf verpflichtete doch eigentlich zu nichts.

Schließlich griff ich trotz vorhandener Zweifel zum Telefon und wählte die in der Anzeige als Kontakt angegebene Telefonnummer. Wenig später hatte ich erfahren, dass zwei von drei

Katzenkindern noch ein Zuhause suchen würden. Wir könnten sie gern anschauen. Ein Termin war schnell gemacht, und so hockten wir einige Stunden später vor drei acht Wochen alten Fellbündeln. Die Mutti der Kätzchen war eine stolze graubepelzte Perserin und der Papa ein Norwegischer Waldkater im gleichen Farbschlag wie die Katzenmama, nur trug er zu seinem grauen Anzug einen schicken weißen Latz.

Zwei der Katzenkinder waren also noch zu haben. Ich war sofort hin und weg, als ich die kleinen Samtpfoten sah. Sie hatten auf Anhieb mein Herz erobert. Fort waren alle zuvor noch vorhanden gewesenen Bedenken und Zweifel. Die kleinen flauschigen Katzenmädels hatten von der Fellfarbe und –länge her viel mit unserem Pooky gemein. Das kleinste der drei Kätzchen erwies sich als richtiger Wirbelwind. Es folgte sofort begeistert unserer Spielaufforderung. Wir waren uns ziemlich schnell einig, dieses kleine flauschige Wesen sollte zu uns umziehen.

Später, wieder daheim, fühlte sich der kleine Wirbelwind sofort zuhause. Doch bald würde das Katzenmädchen sicher seine Geschwister, die Spielkameraden, vermissen. Mein Mann und ich waren uns darüber einig gewesen, als wir zur Kätzchenbesichtigung aufbrachen, dass es, wenn überhaupt, auf jeden Fall zwei pelzige Mitbewohner werden sollten.

Wir waren immer noch beruflich gebunden, dementsprechend würde eine Katze die meiste Zeit des Tages allein zuhause zubringen müssen. Da unsere Kinder zu der Zeit schon lange nicht mehr bei uns wohnten, würde sich ein einzelnes Kätzchen bestimmt so ganz allein im Haus schnell langweilen. Es stand also fest, wenn wir noch einmal Katzen in unser Leben lassen würden, würde es nicht bei nur einer Katze bleiben.

Wir hätten an diesem Tag zwar ein Schwesterchen des kleinen grauen Pelzbündels mitnehmen können, doch schwebte uns als Zweitkatze eigentlich ein Katerchen vor. Und ein Katerchen hatte ich bereits gefunden – ebenso über eine Annonce.

Einen Tag später, nachdem wir das kleine Katzenmädchen zu uns geholt hatten, waren mein Mann und ich erneut unterwegs. Wir hatten ein Rendezvous mit zwei zwölf Wochen alten Maine Coon Katerchen. Dieses Mal mussten wir eine längere Autofahrt auf uns nehmen, um die beiden Kandidaten anschauen zu können. Wir machten uns zur Insel Rügen auf.

Als wir die „Kleinen" dann sahen, konnten wir kaum glauben, dass sie erst zwölf Wochen alt sein sollten. Sie erweckten eher den Eindruck, schon vor bereits mindestens einem halben Jahr das Licht der Welt erblickt zu haben. Der Größenunterschied zu unserem kleinen grauen Fellbündel daheim war gewaltig. Würde so ein kleiner Riese unser Minikätzchen nicht beim Spiel einfach erdrücken?

Doch irgendwie gefielen uns diese samtenen Riesen. Der größere der beiden Jungs reiste schließlich mit uns nach Hause. Auch hier hatten wir wieder den Spielfreudigeren ausgewählt bzw. er hatte uns ausgesucht.

Als wir am Abend mit unserer plüschigen Fracht daheim eintrafen, waren wir gespannt wie zwei Flitzebogen. Wie würden sich die beiden Katzenkinder verstehen?

Der kleine Riese suchte nach dem Verlassen des Transportkorbes erst einmal ganz zielsicher den Futternapf in unserer Küche auf. Anschließend machte er sich in unserem Haus ganz selbstbewusst auf Entdeckungsreise. Dabei beachtete er zunächst die kleine graue „Maus", die ihm dauernd vor den Füßen herumlief, gar nicht. Doch die ließ sich diese Nichtachtung nicht so einfach gefallen. Mehr als deutlich gab sie dem Neuzugang zu verstehen, dass sie mit ihm spielen wollte. Sie schien von dem Größenunterschied kein bisschen beeindruckt zu sein. Jetzt, als sich die Katzenkinder gegenüber standen, war der Unterschied noch viel deutlicher zu sehen. Das ängstigte das kleine Katzenmädchen aber ganz und gar nicht. Im Gegenteil, es machte das Katerchen sogar nach allen Regeln der Kunst förmlich an, ganz nach dem Motto: „Spiel endlich mit mir! Wozu bist Du sonst hier? Ich leide bereits unter Spielentzug!"

Dieser mehr als deutlichen Aufforderung konnte der flauschige Neuzugang letztendlich nicht widerstehen. Und so tobten die beiden Kätzchen noch am selben Abend wild durchs Haus. Eine wunderbare Katzenfreundschaft hatte gerade begonnen, und für uns ein neuer aufregender Lebensabschnitt.

Wir vergaßen mit diesen neuen pelzigen Mitbewohnern keinesfalls unseren langjährigen Hausfreund Pooky. Doch die beiden linderten unseren Schmerz über seinen Tod um so einiges. Die Leere, die er hinterlassen hatte, war nicht mehr ganz so schmerzhaft spürbar. Sie füllte sich nach und nach mit neuem Leben.

Danksagung

Dank sagen möchte ich vor allem den Katzen, die mich bisher durch mein Leben begleitet haben. Ohne sie würde es dieses Buch nicht geben, mein Leben hätte wahrscheinlich sogar ganz anders ausgesehen. Sicher wäre es weniger aufregend verlaufen, aber auch weniger amüsant. Dankeschön, Ihr kleinen Herzensbrecher, für die Zeit, die ich mit Euch verbringen durfte.

Danken möchte ich aber auch meinem Mann, der nicht nur mein erster Testleser war, er war auch derjenige, der mir immer wieder Mut gemacht hat, die abenteuerlichen Erlebnisse mit unseren vierpfötigen Lebensbegleitern nicht nur für mich selbst aufzuschreiben, sondern sie mit anderen Menschen zu teilen, Menschen, die ihre Vierbeiner genauso lieben wie wir die unsrigen und die sich vielleicht sogar in der einen oder anderen Geschichte wiedererkennen.